B

READ AND BE BETTER

黑·塞·经·典

Knulp

漂泊的灵魂：克努尔普

（外一种）

［德］赫尔曼·黑塞

—— 著 ——

吴忆帆

—— 译 ——

HERMANN HESSE

广西师范大学出版社
GUANGXI NORMAL UNIVERSITY PRESS
·桂林·

赫尔曼·黑塞

永远属于年轻一代的作家

德国浪漫派最后一位骑士

永恒童年

1877 年 7 月 2 日，德国南部施瓦本地方的小镇卡尔夫，一对在当地颇有名望的夫妇迎来了他们的第二个孩子。妻子玛丽·肯德尔特爱好音乐，丈夫约翰涅斯·黑塞则是一位喜好文学的传教士。这是一个将被世界文学史铭记的日子：他们以玛丽父亲——著名传教士、印度文化学者赫尔曼·肯德尔特——之名，为长子取名"赫尔曼·黑塞"。

这个充满艺术气息的家，家庭氛围友好，父母和兄弟姐妹皆友爱互敬。小城卡尔夫，则是一个充满新鲜的干草气味和酸甜的苹果芳香的美丽山城，黑塞九岁时一家从瑞士巴塞尔迁居回此。此后七年里，他便在这"黑色森林里的古老小城"度过了其终身怀念的童年时光；童年是"一幅镶有金边的深色图画"，赋予黑塞永恒的慰藉与安宁。

黑塞的想象力和创造力在游戏、孩童幻想、山野漫步、父母所讲的美妙故事中肆意生长，同时滋长的，还有独属于诗人的忧郁——施瓦本地区曾诞生过席勒、谢林、荷尔德林等著名诗人，黑塞本人，则是五岁就开始写诗了。乐园般的生活中，时不时便有莫名的不安与恐惧攥住幼小的黑塞，带着这种纤细与敏感，黑塞即将迎来几乎是注定痛苦的求学生涯；与之前金色的日子相对，求学生涯以另一种阴郁的色调被刻进黑塞的人生中，成为他文学创作的养料。

十四岁时，黑塞考入莫尔布龙神学院；就其家族传统而言，成为牧师几乎是他毫无悬念的人生规划。在图宾根的拉丁语学校学习一年后，黑塞便成功通过了考试。然而，神学院古板的生活和填鸭式的教育却几乎摧毁了这个浪漫而欢快的孩子，黑塞患上了失眠和神经衰弱。第二年春天，黑塞便逃离了莫尔布龙神学院，后被家人转到坎斯塔特的高中。新学校的生活并没有好起来，黑塞甚至卖掉教科书，两次买了手枪企图自杀，只能休学。休学后，黑塞曾短暂地在一家书店当店员，然而工作不到三天，他便又逃离了。

后来，大约有七个月的时间里，黑塞协助父亲处理工作，有时候也做做园丁。不久后，十七岁的黑塞到卡尔夫的工厂做了见习工，但他并不满足于这份工作。这个脱轨的前学生把自己的生活搞得一团糟，他终日沉迷在屠格涅夫和海涅的作品里，只有诗歌才能激起他的热情。但父母认为做诗人，生活没有保障，而他一时也无法找到走向诗人的路。家族的期望令他痛苦，但家人的爱又让他重新思考。

黑塞仍然决定成为一名诗人——"神送给我们绝望，不是要杀死我们，而是想唤醒我们心里的新生命。"黑塞在晚年的著作《玻璃球游戏》中写道。

1895 年 10 月，也许是认为无论如何需要通过书籍走出第一步，黑塞"回到了"书店：他到图宾根大学城的赫肯豪书店当见习店员——如果从神学预备学校正式毕业，他本应成为这里的大学生。黑塞在这里一边工作，一边阅读，一边写诗。三年后，他成为正式的书店店员。

在此期间，十九岁时，黑塞首次在维也纳的小杂志发表诗作。

漫长夏日

1899 年，由于没有任何出版社愿意为一位名不见经传的书店店员出版诗集，二十二岁的黑塞自费出版第一本诗集《浪漫之歌》，这是一本只有 44 页的小册子，这本诗集如一颗小小砂子跌落池塘，甚至没有激起一丝涟漪，接着，他又出版散文集《午夜后的一小时》，印了 600 本，但在一年的时间里只售出 53 本。同年秋末，黑塞转往巴塞尔莱席书店任职，并在这家书店的支持下出版了诗文集《赫尔曼·洛雪尔》。这本书充满了黑塞对母亲的感激与爱意，在黑塞少年时期最黑暗的日子里，尤其是母亲的支持与爱，让他找到了自己的道路。

第二年，黑塞完成《诗集》一书，诗人卡尔·布瑟将其列入《德国新诗人丛书》，欣喜若狂的黑塞以此作为自己成为诗人的证据，并将《诗集》献给母亲，但此书正式出版时，黑塞的母亲已经过世。

黑塞继续写作。菲舍尔出版社的著名出版商萨穆埃尔·菲舍尔给黑塞寄去一封信，信中极力赞赏他的作品《赫尔曼·洛雪尔》，并向他约稿新作。1904 年，柏林菲舍尔出版社出版了黑塞首部长篇小说《乡愁：彼得·卡门青》，此书一经出版便轰动市场，广受好评，这部首印 1000 册的书，短短两年就卖出了 36000 册。

黑塞在二十七岁时终于一举成名。长久的彷徨之后，这算是迟来的春天。这一年，他还经历了另一件人生大事：他与玛丽亚·佩诺利结婚，移居博登湖畔的美丽小村盖恩霍芬，在宁谧的大自然与朴素的田园生活中，专心创作。寓居盖恩霍芬期间，经常有诗人、画家和音乐家出入黑塞家，而玛丽亚本人便是杰出的钢琴家。在这段日子里，黑塞的长子布鲁诺和次子海纳诞生了，他的两部极为重要的长篇小说：自传小说《在轮下：心灵的归宿》和音乐家小说《生命之歌：盖特露德》——也诞生了。

一切看似都很顺利，但这看似无忧无虑的时光早已蒙上阴翳：婚姻中的摩擦、妻子的精神问题、黑塞与生俱来的流浪癖，以及他对欧洲的厌倦之情，使黑塞逐渐无法忍受安居在这个田园。1911 年夏天到年底，反复思量后，黑塞终于动身，去往他梦寐以求的东方：新加坡、苏门答腊、斯里兰卡和印度等地，黑塞失望地看到一个饱受殖民痛苦的东方，但此行对他的人生和创作来讲都意义深远——包括他之后的著作《悉达多：流浪者之歌》《玻璃球游戏》等。黑塞的东方情结则一直持续到人生的最后，他陶醉于日本的禅学和中国的道家思想，在庭院里种植竹子和山茶，度过了他精研生死之道的晚年。

黑塞将这次经历写成《印度纪行》，在《印度纪行》出版的第二年，1914年7月，第一次世界大战爆发了。

昨日世界

第一次世界大战爆发时，黑塞本人正处于严重的现实和精神危机中：他独居在亡友的别墅里，妻子因抑郁症恶化而入院，三个孩子被分别寄在友人处。第一次世界大战的降临对包括黑塞在内的许多文人志士来讲都是一种痛苦的幻灭，摧毁了所有人的生活。然而，痛苦之中，在战争爆发后的第三个月，黑塞便发表了《朋友啊，放弃那种笔调！》，呼吁人们停止盲目地赞美战争，停止煽动仇恨。然而，这种人道主义诉求，竟让他立刻被德国当局视为背叛者、卖国贼，黑塞由此受到控诉，还被新闻媒体排斥，但他依然坚持和平主义的立场，发表反战言论。同时慰问德国战俘，为其奔走。

孤立无援的黑塞笔耕不辍，陆续完成了《艺术家的命运：罗斯哈尔德》《孤独者的音乐》和《漂泊的灵魂：克努尔普》。

这时，同样主张和平、受到打压的罗曼·罗兰特意前来拜访黑塞，两人结为挚友。对此时的黑塞而言，这是他心灵上的最大支柱。两人的友谊和通信一直持续到罗曼·罗兰在第二次世界大战末去世为止。后来，黑塞将政治随笔集《战争与和平》献给罗曼·罗兰。

1916 年，战争仍然继续着，黑塞的个人生活却在战争的痛苦中遭受进一步的打击：他的父亲去世了，三子马丁病重，妻子玛丽亚的精神疾病日趋严重。黑塞因身心交瘁罹患神经衰弱，接受著名精神分析学家荣格的学生 J.B. 朗格的治疗，住进疗养院；在这段时间里，他开始迷上水彩画，这一时的疗愈最终成为他终生的爱好。

1918 年，第一次世界大战结束了；1919 年，黑塞以"辛克莱"为笔名发表了探寻自我的经典之作《德米安：彷徨少年时》，这部反省与清算的杰作对战败后虚脱的德国青年来讲无异于当头棒喝。无名新人"辛克莱"由此获得柏林市新人文学奖——冯塔纳奖。但很快，组委会便发现"辛克莱"是黑塞，于是收回了新人奖。无论如何，黑塞获得了重生。

黑塞的人生渐渐回归平稳，他在四十五岁时创作了《悉达多：流浪者之歌》，五十岁时创作了《荒原狼》，五十三岁时创作了《精神与爱欲：纳尔齐斯与歌尔德蒙》。他和妻子玛丽亚离婚，又和露蒂·布恩卡有了三年的短暂婚姻，最终遇到了终身伴侣妮侬·杜鲁宾，两人于1931年11月结婚。

第二次世界大战爆发时，黑塞幸而已定居瑞士并成为瑞士公民，他不遗余力地协助从纳粹德国逃出的流亡者，被纳粹德国列为"不受欢迎的作家"，其作品被查禁和销毁。在这样的情况下，黑塞完成了他篇幅最长的巨著《玻璃球游戏》，描述其精神文化的理想国。1943年，两卷本《玻璃球游戏》得以在瑞士出版。

1945年，第二次世界大战结束。第二年，黑塞获得新生联邦德国授予的歌德文学奖，同年，又获诺贝尔文学奖。风暴渐停，昨日远去。1952年联邦德国及瑞士为黑塞庆祝七十五岁生日，同时出版了《黑塞全集》。

年老的黑塞因痛风和眼疾，不得不放弃撰写长篇作品，专精散文和诗歌。将读者视为"共同苦恼者"的他，还热心地回复读者来信，一生回信竟达35000封之多。

1962年，世界各国的读者争相为黑塞庆祝他的八十五岁生日；生日后不久，黑塞于1962年8月9日在睡梦中与世长辞。

目 录

漂泊的灵魂：克努尔普

早春

1890 年刚开始，我们的朋友克努尔普被迫在医院里躺了好几个星期。出院时已是二月中旬，天气变化不定，他才外出了两三天，就又开始发起烧来，非找一个住宿的地方不可。他是绝对不会缺少朋友的。在这样的地方，不管是如何小的城镇，也都会有人热烈欢迎他。在这方面，他非常引以为傲，就因为太过骄傲了，他甚至认为能够让朋友欢迎他，就是他赏赐给朋友的一种荣誉。

这次他想起了在雷希休特登的鞣皮匠艾密尔·罗特福斯。黄昏时分，下着雨，刮着西风，他轻叩已经关上的大门。

鞣皮匠在上面的房间里，把百叶窗打开一条罅缝，对着漆黑的小路喊道："是谁在外头呢？不能等到天亮再来吗？"

疲倦之极的克努尔普听到老朋友的声音，立刻精神抖擞。他想起好几年以前，同艾密尔·罗特福斯外出旅行一个月时所作的一首歌中的一节，于是就在一旁，抬头唱了起来：

> 疲倦的旅人，
>
> 坐在酒馆里。
>
> 那不是别人，
>
> 是我放荡的儿子。

鞣皮匠一把拉开百叶窗，身子探向窗外。

"克努尔普！是你吗？还是幽灵呢？"

"是我呀！"克努尔普叫道，"你不能从楼梯下来吗？一定要趴在窗子上说话吗？"

朋友喜滋滋地飞奔下来，打开大门，用冒烟的小油灯照着访客的脸，使得克努尔普的眼睛眨个不停。

"快进来！"皮匠兴奋地喊道，把朋友拉进家里。"有话待会儿再说，晚餐还剩下一些，床也会替你铺好。真叫人吃惊，天气这么坏！你穿的可真是一双上等的好长靴啊！"

克努尔普任对方去问、去惊讶，兀自站在楼梯上仔细地把挽起的裤管放下来，稳稳地踩着脚步，在昏暗的灯光中上了楼，他已经有四年没有踏进这栋房子了。

到了楼上的走廊，他在房间门口停了一下，拉住叫他进去的皮匠的手。

"等等，"他轻声说道，"你结婚了吧？"

"唔，那当然。"

"问题就在这里。你妻子并不认识我，说不定不欢迎我，我不想打扰你们。"

"什么打扰不打扰的！"罗特福斯笑了起来，把门大大地打开，硬把克努尔普推进亮晃晃的房间里去。房间里，一张大餐桌上，一盏油灯用三根链子吊了起来。空气中飘溢着淡淡的烟草味，似有若无的烟柱向炙热的灯罩流去，在灯罩上方高高盘旋卷起后逐渐消去。餐桌上摆着报纸和一个塞满烟草的疑似猪膀胱的东西。一个少妇坐在贴着墙壁的小沙发上打瞌睡，仿佛被吵醒了一般跳了起来，又困惑又吃惊。克努尔普被雪亮的灯光弄得不知所措，眨眨眼睛，凝视女主人那淡灰色的眼珠，很有礼貌地打招呼，向她伸出手来。

"是的，这是我老婆，"皮匠笑着说道，"这是我的朋友克努尔普，以前我也对你说过，我们的客人当然是睡学徒的床，反正空着也是空着。不过，我们要先干一杯果子酒，总得给克努尔普一点什么吃的，肝肠还有吧？"

皮匠老婆跑了出去，克努尔普看着她的背影。

"你妻子有些吃惊呢！"他小声说道。不过，罗特福斯头都没有点。

"还没有孩子吗？"克努尔普问道。

这时候女主人已经转回来了。捧着一锡盘的肝肠，把盛面包的盘子放在一旁，盘子正中央有半条黑面包，切口仔细地朝下摆着，盘子边缘浮雕着一圈"今日亦赐我口粮"的字样。

"莉丝，你知道刚才克努尔普问我什么吗？"

"别提了！"克努尔普阻止皮匠继续说下去。然后他微笑着把头转向女主人。

"总之，我说话是没有什么顾忌的，夫人。"

"他问我们有孩子了吗？"

"哎哟！"她笑着叫了起来，立刻又逃了出去。

"没有吗？"克努尔普等她出了房间后问道。

"没有，一个也没有，她并不急。事实上结婚后两三年之内也还是没有孩子的好。来，把手伸出来，吃吧！"

女主人拿来了装果子酒的灰青色瓷瓶，在旁边摆了三个酒杯，随后立刻斟得满满的，动作看起来非常娴熟。克努尔普看着她，露出了微笑。

"为健康干杯！"皮匠大声说道，把杯子伸向克努尔普。但是克努尔普显出地道的绅士本色，"还是先敬女士的好。祝您健康，夫人！干杯，老兄！"他喊道。

他们碰了杯，一饮而尽。罗特福斯喜形于色，向老婆眨眨眼睛，他想知道妻子是否也注意到自己的朋友是多么彬彬有礼。

她早就注意到了。

"你看看人家，"她说道，"克努尔普先生比你有礼貌多了，很懂得规矩。"

"过奖了，"客人说道，"谁都能照着别人教的那一套做的，要说起什么规矩不规矩，那就叫我太不好意思了，夫人。您的招待真是太周到了，使我感到就像住在第一流的饭店里一般呢！"

"一点儿也不错，"皮匠笑道，"她是学过这一行的。"

"真的吗？在哪里呢？令尊是哪家旅馆的老板呢？"

"哪里，父亲早就躺在坟墓里了，我也几乎记不得了。不过，我在公牛屋旅馆待过两三年。您知道公牛屋旅馆吗？"

"公牛屋旅馆？以前那是雷希休特登最好的旅馆呢！"克努尔普称赞道。

"现在也是，可不是吗？艾密尔。住在那里的，都是出差和游山玩水的人。"

"我相信是那样的，夫人。您待在那里时，不但愉快，也一定存了不少钱！不过，我想还是自己的家里好吧！"

他享受般地把柔软的肝肠慢条斯理地涂在面包上，盘子边缘上搁着仔细剥下来的肠皮，偶尔啜一口金黄色的上等苹果酒。皮匠看着克努尔普那双纤细柔嫩的手，仿佛戏耍一般，细心地做着这些，内心里不禁涌起尊敬之情。女主人也满足地把这一切看在眼里。

"不过，看来你的气色并不怎么好。"接着，艾密尔·罗特福斯责备般地说了起来。克努尔普不得不坦承最近身体不适，曾经住过院。朋友问他今后打算怎么办，并且说永远真诚地为他准备好三餐和床铺。这虽然是克努尔普所期待的，也是他早就预料到的，但他还是显得诚惶诚恐、犹豫不决，只简单地道了谢，说等明天再谈。

"关于这件事，明后天我们都可以再商量，"他心不在焉地说道，"反正时间有的是，再说我也不会马上离开这里的。"

他不喜欢为长远的将来设想什么、计划什么或承诺什么。要是将来不能如他所安排的那样，他就会觉得很不愉快。

"要是真的在这里待上一段时间，"克努尔普又说了起来，

"那就非得去登记做你的学徒不可。"

"开玩笑！"皮匠大声笑了起来，"你做我的学徒？你又不是什么皮匠，可不是吗？"

"那并没有什么关系。你还不明白吗？皮匠也许是个了不起的工作，但对我来说，却是可有可无，我没有做那种工作的本事。不过，做了你的学徒，我的打工许可证不是很管用吗？医疗费用我会自己付的。"

"你的许可证能让我看看吗？"

克努尔普把手伸进几乎全新的上衣前胸口袋里，掏出收在防水布袋里的东西。

皮匠看着那东西，笑了起来。

"真是太完美了！简直就像昨天早上才离开你母亲那里似的。"

随后他看了一下内容和证明印章，佩服得摇头晃脑。

"太齐全了！凡事经过你的手就会变得这么美好。"

把打工许可证制作得这般仔细，确实是克努尔普的嗜好之一。许可证上记载了四处停留过的地名，显示出他值得尊敬和引以为傲的勤勉生活。许可证做得非常完美，上面还有官府的证明，其中最引人注目的，只有他那频繁更动住处的流浪癖。这份公家发行的许可证中所表明的生活，是克努尔普创作出来的，他用各种不同的地名构建出这个捏造出来的生活。当然，事实上他也并没有做违法的事情。作为一个无业的流浪汉，法律也管不着他，只是在人们的轻蔑中生活过来而已。不过，若不是乡村的每个警察都对他网开一面，他的完美创作也不会这么容易就一直持续到现在。乡村的警察都很尊敬这个开朗而有趣的人，尊敬那份诚挚和认真，都尽可能对他宽容。再说，他几乎没有什么前科，他不偷也不抢，到处都有杰出的朋友。因此，人们就把他当成家庭成员之一的可爱宠物猫，让他通行无阻。在人们的忙碌生活中，猫总是那么悠闲、无忧无虑，像个高雅的绅士一般，过着衣食无忧的生活，谁也不会在意的。

"不过，要是没有我来的话，你们现在早就上床了吧？"克努尔普收回许可证，大声说道。他站了起来，向女主人点头致意。

"走吧！罗特福斯，告诉我床铺在哪里。"

皮匠拿起灯，走在克努尔普前头，上了通往阁楼的狭窄楼梯，走进学徒房间。房间里靠墙放着一张没有铺被褥的铁床，旁边并排放着一张木床，已经铺好了被褥。

"要汤婆子吗？"主人亲切地问道。

"正是要这个，"克努尔普笑道，"你有那么漂亮可爱的老婆，当然就不要什么汤婆子了。"

"所以嘛，"罗特福斯非常热心地说道，"现在你就要睡在阁楼里冰冷的学徒床上了。你也应该睡过更凄惨的地方吧？有时没有床，甚至只是一堆干草。你看我，有家有工作还有可爱的老婆。要是你也当了皮匠，一定会比我做得更好的，只要你有这个心。"

在皮匠说话的时候，克努尔普早已飞快地脱下衣服，打着哆嗦，钻进被褥里了。

"还有很多话要说吗？"他问道，"让我舒服地躺下来听。"

"我可是认真的，克努尔普。"

"我也是呀！罗特福斯。不过，你可不要认为结婚是你的发明。晚安！"

第二天，克努尔普一直睡在床上，觉得身体有些虚脱。天气看来也不适合外出。上午皮匠曾经来看过他，他请皮匠让他继续睡，只要在中午送一盘汤进来就行了。

就这样，他安静地在昏暗的阁楼房间里满足地睡了一天，觉得旅途的劳累和寒冷已经消去，身心都沉浸在温暖的安稳和喜悦中。他竖耳倾听雨声不绝地打在屋顶上，以及断断续续地吹拂过来，飘忽不定，轻柔和软，带着些许热气的风。在这期间，他又熟睡了半个钟头，也在光线充足的时刻，读读他带出来的书。这本书是由他抄写在纸片上的诗和成语，以及一束小小的剪报集合而成的。其中还有他从杂志上剪下来的几张照片，有两张他特别喜欢，常常抽出来欣赏，不过已经磨损得差不多了。一张是女演员艾丽奥诺娜·杜塞的照片，另一张是在疾风和惊涛骇浪中航行的帆船。克努尔普从少年时代起，就对北国和海洋怀有无限的憧憬，付诸行动了好几次，有一次还到了布兰休威克。但每个地方都待不久，这只候鸟总是受到不安和乡愁的驱使，急急忙忙地又回到德国南部来。因为到了语言和习惯不同的地方，他就会觉得烦躁。另外，在谁也不认识的地方，要保持他那充满传奇的许可证的完整性也是相当困难的。

中午时分，皮匠送来了汤和面包。他走起路来尽量轻手轻脚的，说话口气也非常柔和，看来他很吃惊。他认为克努尔普是生病了，因为自己除了小时候生病之外，白天是从来不睡在床上的。身体已经好了大半的克努尔普，不想说明自己的病情，只明确地说明天有了精神，应该就能起床的。

快到黄昏的时候，有人敲了房间的门。克努尔普依然睡着，蒙蒙眬眬，并没有应声。随后皮匠的老婆小心翼翼地走了进来，拿走空汤盘，另外把加了牛奶的咖啡放在床边的小桌上。

她进来的时候，克努尔普听得非常清楚，但不知是因为疲劳还是心情不好，他还是闭着眼睛躺着，所以她一点也没有发觉他是醒着的。皮匠老婆手里拿着空盘子，瞥了一眼这个睡着了的男人。蓝格子衬衫袖子卷起一半，头就枕在手腕上面。柔软、纤细的黑发看起来是那么美，宛如孩童般天真无邪的脸庞更是吸引了她的目光。丈夫曾经说过这个人的许多不可思议的行径，现在，她停了一会儿，凝视着这个漂亮的年轻人。她端详他那紧闭的双眼上柔和明净的额头，浓浓的眉毛，被太阳晒成褐色的瘦削脸颊，高雅的粉红色嘴唇，富有弹性的颈子。一切几乎都是她喜爱的，使她想起了自己在公牛屋旅馆当女服务生时，受到春天的浪漫气息感染，曾经被像这样漂亮的年轻人爱过的往事。

　　仿佛在梦中一般，她感到有些兴奋，身体略略前倾，想要看清楚他的脸庞，一不小心，锡匙滑了下来，落到地板上。由于这地方太安静了，再加上她是屏住气息在窥视，这声音着实使她大吃了一惊。

　　这时候克努尔普睁开了眼睛，佯装不知，就像刚从熟睡中醒来一般，慢慢地张开眼睛，头转向这边，一只手在眼睛上按了一下，露出了微笑："咦，站在那里的可不是夫人吗？帮我端咖啡来了！这样高级的热咖啡，正是我刚才所梦到的，罗特福斯夫人，谢谢您！现在几点了？"

"4点了，"她马上回答道，"那么，趁热喝，待会儿我再来拿杯子。"

这样说着，她就跑了出去，仿佛连一分钟的空闲也没有。克努尔普目送她的背影，听着她匆忙地跑下楼梯后消失了的声音。他的眼神若有所思，好几次摇摇头，随后有如小鸟般地轻轻吹起了口哨，把脸向放咖啡的地方转去。

天暗下来后的那一个小时，简直叫他无聊难耐。他觉得神清气爽，身体也休息得差不多了，有点想到人群中去逛一逛。他慢慢站起来，穿好衣服，在黑暗中像貂一般地溜下楼梯，小心地不让人发觉，偷偷地走了出去。风依然潮湿、沉重地从西南方向吹来，雨已经停了，云层中露出大片晴朗的明亮天空。

克努尔普一边吸着鼻子，一边从黄昏的小街和空旷的广场悠闲地晃过去。他站在马蹄铁铺敞开的门口看学徒收拾工具。他和工匠聊起天来，把冰冷的手伸向烧得通红的火炉残烬。谈话中，他顺便问起这个城镇里他所认识的朋友，有的已经死了，有的结婚了。铁匠以为他是他们的同行，他也不去辩解。任何工匠的语言和暗号他都了如指掌。

这个时候罗特福斯的妻子开始准备晚餐的汤。她把挂在小锅子上的铁环弄得叮当作响，削起了马铃薯皮。之后，把汤稳稳地放在文火上熬，接着她拿起厨房的灯到了起居间，坐到镜子前。从镜子里，她看到的是一双泛蓝的灰色眼珠，以及一张饱满、娇嫩的脸庞。灵巧的手指很快地就把蓬乱的头发理好。然后把刚洗好的手再一次在围裙上擦拭过，她手里拿着小灯，向阁楼的房间走去。

她轻轻地敲了敲学徒房间的门。接着又略微重地敲了一下。因为没有应声，她把灯放在地板上，用双手小心翼翼地打开房门，不发出一丝声响。踮起脚尖走了进去，向前踏进一步，摸到了放在床边的椅子。

"睡着了吗？"她压低声音问道，"睡着了吗？我想拿杯子。"

太安静了，连呼吸声也听不到，所以她把手向床上伸去，但一时觉得恐怖，又把手缩了回来，向放灯的地方跑去。于是她看到房间里空无一人，床铺收拾得非常干净，枕头和羽毛被也叠得整整齐齐的，她觉得既不安又失望，怪没意思的，就跑回厨房去了。

过了半个小时，晚餐准备好了，皮匠也上来打算用餐，皮匠老婆想了很多，但并不打算把刚才去阁楼房间的事告诉丈夫。这个时候，下面的门打开了，铺石板的走廊和弯曲的楼梯传来了脚步声，是克努尔普。他脱下头上漂亮的咖啡色软帽，向皮匠夫妻道晚安。

"哎呀，你到底从哪里来的呢？"皮匠吃惊地叫了起来，"病成这样，还在晚上到处乱跑，当心死神把你捉去。"

"一点儿也不错，"克努尔普说道，"晚上好，罗特福斯夫人。我来得正是时候，我从市场那边就闻到汤的香味了。这汤一定能把死神赶跑的。"

大家坐下来用餐。主人非常健谈，自己的家族和皮匠的身份颇令他引以为傲。虽然一开始他和客人开了玩笑，但随后又变得极为认真，劝客人不要老是无所事事，四处流浪。克努尔普听着，但并没有回答什么。皮匠老婆也一句话没说。丈夫和彬彬有礼、漂亮英俊的克努尔普并排坐在那里，看起来是那样的粗野，使得她不觉生起气来。因此，她尽可能用殷勤的招待来向客人表示自己的好意。钟敲了 10 点，克努尔普向他们道晚安，并且向皮匠借刮胡刀。

"你外表修饰得真好，"罗特福斯把刮胡刀交给他时称赞道，"下巴一显得毛扎扎的，你就非剃掉不可。那么，好好休息。快点让身体康复起来吧！"

克努尔普在进入自己的房间前，先倚在阁楼楼梯旁的小窗边，看了一下天空和周围的景致。风几乎完全止息了。屋顶和屋顶之间露出明晰的黝黑天空，晶亮的星辰点点，闪烁着温润的微光。

当他缩回头，正要关上窗户时，对面人家的一扇小窗突然亮了起来。他看到了一间同他的房间一模一样，又小又矮的房间。一个年轻的女仆从门口走了进来。右手拿着插着蜡烛的黄铜烛台，左手提了一个大水壶。她把水壶放在地板上，用蜡烛照着自己那张窄小的女仆床铺。床铺虽然小，但收拾得很洁净，覆着鲜红的粗毛毯，看起来很诱人入睡。她把烛台放在看不到的什么地方，然后坐在低矮的绿色木行李箱上，似乎每个女仆都有这样一个箱子。

克努尔普看到意想不到的场面在对面展开，立刻把自己的灯吹灭，不让对方看到自己这边，他伫立不动，从小窗探身出去。

对面的年轻女仆正是他所喜爱的那种类型。约有十八九岁，并不高大。棕色的脸庞看起来非常温柔，眼睛也是棕色的，一头秀发又黑又密。安静而秀丽的脸上不见一丝开朗神色。坐在坚硬的绿色箱子上的她，显得那样忧愁和悲伤。饱经世故、熟知女性的克努尔普非常清楚，这个女孩提着行李箱，来到异乡的日子还浅，正在想家。她把棕色的瘦削双手摆在膝上，在上床之前，坐在自己的小箱子上，思念故乡的好友，以求短暂的慰藉。

同房间里的少女一样，克努尔普倚在小窗上，动也不动，绷紧神经，窥视那个陌生少女的动静。天真无邪的少女坐在烛光中，自怨自艾，根本想不到有人在看她。那双善良的棕色眼睛向这边抛来黯然的眼神，随后又覆上长长的睫毛，孩童般的棕色脸庞隐隐浮现出喜悦的红光。他看着那双年轻而瘦削的手。这双手放在蓝色的棉布衣服上，纹丝不动，就连换衣服这件最后的工作也延迟了许久。

最后，少女叹着气，抬起沉重地盘着辫子的头，满怀思绪，眼神依然忧愁、茫然，随后蹲下来，开始解鞋带。

克努尔普现在是舍不得离开了，不过，窥视可怜的少女脱衣服，不仅不适当，几乎可以说是残酷的。他很想叫住她，同她聊聊天，开开玩笑，让她振作起精神后上床安歇。但是他又怕要是同她搭讪，她会大吃一惊，也许会立刻把灯吹灭也说不定。

于是，他使出了自己最得意的小技巧之一。他吹起了口哨，仿佛从很远的地方传来的一般，细柔得几乎听不见。他吹的是《水车在清凉的山谷中转动》这首歌。因为他吹得非常细柔，少女一时不明白那是什么，倾听了好一会儿。等到他吹到第三句时，她才慢慢站了起来，一边听着，一边向房间的窗边走来。

她把头伸向窗外，继续聆听克努尔普平静地吹出的音乐。她的头随着旋律摆动了几个小节，随后突然抬起了头，她知道音乐是从哪里传来的了。

"是谁在那里呢？"她轻声问道。

"一个小皮匠，"也是轻声地回答，"我不是有意要打扰你的休息的。我只是有点想家，所以才吹起了口哨。不过，高兴的时候我也会吹口哨的……你也是外地来的吧？"

"我是休瓦兹华特人。"

"啊，休瓦兹华特！我也是呢。那么，我们是同乡了。你喜欢雷希休特登吗？我可是一点儿也不喜欢。"

"还不知道。我来这里才一个星期。不过，说真的，我也不喜欢这里。您来这里比我久吗？"

"不，才三天。话说回来，既然是同乡，我们就应该不要那么拘束，不是吗？"

"不行的，我做不到。我们又不认识。"

"没什么不行的，反正会习惯的。虽说山和谷不来往，但我们是人，是可以接近的。你老家在哪儿？"

"说了您也不会知道的。"

"那可不一定。难道那是秘密吗？"

"阿哈德豪森，一个很小的村庄。"

"不过，却是个好地方呢。村庄前面的转角上有一座教堂，也有磨坊。另外好像也有个锯木场，那里有一只大黄狗。我说得对不对呢？"

"那是贝罗，真叫人吃惊！"

知道他真的去过她的老家，熟悉她的故乡，她的疑虑和忧烦很快就去掉了大半。她变得兴致勃勃的了。

"您也知道那里的安德雷·佛立克吗？"她急忙问道。

"不，那里的人我一个也不认识。不过，那是你父亲吧？"

"是的。"

"是吗？这么说，你是佛立克的女儿了？要是你把名字也告诉我，下次我再经过阿哈德豪森时，就可以写一张明信片寄给你了。"

"您要到别的地方去吗？"

"不，我没有那个意思，我只是想知道你的名字而已，佛立克的女儿。"

"咦，您说什么呢？我连您的名字都还不知道呢。"

"真是抱歉。要知道我的名字，那再简单不过了。我叫卡尔·韦伯哈德。这样，要是我们白天再碰面的话，你就知道怎么叫我了。现在，我该怎么称呼你呢？"

"芭芭拉。"

"很好，谢谢。不过，你的名字可真难念。我可以打赌，你在家里是叫蓓儿贝蕾吧？"

"也有人这样叫的。既然您什么都知道，为什么还问这么多呢？该休息了，晚安，皮匠先生。"

"晚安，蓓儿贝蕾小姐，好好休息。不过，反正你已经在那里了，我就再吹一曲，不必逃，我不会收你钱的。"

他立刻吹了起来，大大展现了技巧，用复音和颤音吹了一首牧歌，有如舞曲般华丽、绚烂。绝妙的技巧，令少女听得如痴如醉。过后，她悄无声息地放下百叶窗，克努尔普也没有点灯，摸黑进入自己的房间。

第二天清晨，克努尔普稍微起早了些，用皮匠的刮胡刀刮脸。这几年来，皮匠留了一脸胡子，所以刮胡刀已经许久没有使用了。克努尔普不得不在皮带上磨了半个钟头之久，刮胡刀才变得锋利了些。刮完脸后，他穿了上衣，手里拿着长靴，下到厨房去。厨房里飘溢着咖啡的温暖香味。

他向皮匠妻子借刷子和鞋油，想把长靴好好擦一擦。

"您说什么呢！"她叫道，"这种事可不是男人做的。让我来吧！"

但是他没有答应。她有些尴尬地笑着把擦鞋工具摆到他面前。他仔细而彻底地，但看起来又像是半玩耍般地把长靴擦得雪亮。虽然他不常做这种事情，但只要做，他就一定要做得专心、彻底。

"太美了，"皮匠的妻子看着他的脸，称赞道，"简直就像要去约会似的，全身上下都晶莹、通亮。"

"要真的是那样的话就好了。"

"我想是的。一定是要去见一个大美人了，"她不放松，又笑道，"说不定还不止一个呢。"

"那怎么可以呢？"克努尔普愉快地纠正道，"让你看看美人的照片如何？"

他从前胸口袋掏出防水布的纸夹来，想要找出艾丽奥诺娜的照片。她抑制不住好奇心，靠了过来，看得目不转睛。

"看来非常高贵，"她慎重地赞美着，"真是个淑女，似乎有些清瘦，她健康吗？"

"据我所知，她是健康的。不过我们该去看皮匠了，他在房间里叫人了。"

他走过去，同皮匠打了招呼。起居间打扫得非常干净，明亮的板壁和挂在壁上的钟、镜子、照片都令人觉得温馨，住家环境相当好。冬天在这样清爽的房子里度过一定不错。不过，即使如此，克努尔普认为也不能为此就结婚。皮匠妻子对他表示的亲切，他并不喜欢。

喝完牛奶咖啡后，他跟着皮匠到中庭和小屋去，仔细地把鞣皮场看了一遍。他熟知一切手工业，提出的问题都非常专业，着实让朋友吃了一惊。

"你怎么知道得那么清楚呢？"他认真地问道，"别人会认为你一定是个皮匠，或者至少不久以前是个皮匠。"

"常常出外旅行就会知道许多事情，"克努尔普老套地回答道，"话虽这么说，你却是我的鞣皮老师。你还记得吗，六七年前我们一起旅行时，你不是把一切都原原本本地教给了我吗？"

"一切你都还记得吗？"

"还记得一些，罗特福斯。不过，我不再打扰你了。我很想帮你一点忙，只是很遗憾，这下面太潮湿了，使人气闷，会让我咳嗽不停的。那么，再见，我要趁还没有下雨到镇上去逛一下。"

他把褐色软帽歪戴在后脑袋上，出了门，慢慢沿着格尔伯小路朝镇上踱步而去，罗特福斯走进门里，目送克努尔普干净、清爽的身影，小心地避开水洼，轻松、愉快地越行越远。

"真是幸福的家伙。"皮匠有些嫉妒地想道。向鞣皮场走去的时候，他的脑海里充满了这个特立独行的朋友的所作所为。他不知这是不满足还是谨慎。一个男人努力工作确实会有所成就，但却不能拥有那样柔软的手，也不能像他那样轻快地踩着脚步走去。不，克努尔普做的不会有错的。有很多人不能像他那样宛如孩童般地同任何人搭话，受人喜爱。他能用最美丽的语言同所有的少女和妇女交谈，每天过得都像星期天。得让他照他所想的去做。当他身体不舒服，需要一个避难所时，接受他是自己的快乐，也是自己的荣誉。要对此心存感激，因为他能为自己的家带来愉快、明朗的气氛。

这个时候，他的客人正好奇而满足地在小镇上打转，从齿缝间奏出军队进行曲，不疾不徐地拜访镇上的老朋友。他先到陡坡上远离城镇的郊区去，他认识那里的一个穷裁缝。这个裁缝只补旧裤子，从来没有做过新衣服，这是最可惜的。他的手艺杰出，以前也抱过希望，想到大工厂工作——但是他结婚太早了，有好几个孩子，妻子又不善理家。

克努尔普在郊区一处后院的四楼找到这个叫休罗塔贝格的裁缝的家，小小的工作场有如鸟巢般地悬挂在半空中，因为这栋房子就盖在山崖边。要是从窗口垂直往下望，可以看到下面的四层楼，还有房子下面陡坡上贫瘠的庭院和长满野草的坡面，以及向前倾斜的低矮小山丘，令人头晕目眩。尽头是零零落落的灰蒙蒙的住家、养鸡场、羊棚、兔舍。下面最靠近的屋顶面对这片荒芜、凌乱的大地，旁边就是又深又狭的山谷。正因为在高处，所以裁缝的工作场光线明亮，通风良好。勤勉的休罗塔贝格蹲在靠窗的台桌上，有如灯塔守护人一般，高高地眺望这个凡间尘世。

"你好，休罗塔贝格。"克努尔普说着走了进来。裁缝被光线眯细了眼睛，向门口这边看着。

"咦，是克努尔普！"他一下变得神采奕奕，伸出手来。"你又来了吗？到我这里来，是不是有什么麻烦了？"

克努尔普拉过一张三脚椅子，坐了下来。

"给我一根针和一点线。线要最细的咖啡色。我要检查一下衣服。"

这样说着，他脱下上衣和背心，抽出一根线穿过针眼，目光炯炯地把上衣检查了一遍。上衣相当高级，几乎还是新的。一发现有磨破的地方，松弛的边饰，要掉不掉的纽扣，他就用勤快的指头缝补了起来。

"近来好吗？"休罗塔贝格问道，"这种时节。不过，总之，身体健康，还有家人——"

克努尔普反感地咳嗽了一下。

"说的也是，"他肆无忌惮地说，"神降雨给正直的人，也给不正直的人。难道只有裁缝不会淋雨吗？你还在抱怨吗，休罗塔贝格？"

"啊，克努尔普，我什么也不想说。你也听到隔壁房间孩子们的嘶喊了吧？已经有五个了。每天坐在这里埋头苦干到半夜也糊不了口。可是，你却游手好闲，什么也不必做！"

"你错了。我在诺休达特的医院躺了四五个星期。那里不到最后关头是不会放你走的。本来谁也不会在那里住那么久的。神的意旨真是不可思议，对吧，休罗塔贝格？"

"啊，请你不要这样说！"

"你已经不信神了吗？正因为我相信神才来你这里的。你以为怎么样？整年枯坐的老头子。"

"别管什么信不信神了！你说进了医院？真可怜。"

"那没什么，反正已经过去了。不过，今天能让我提一个问题吗？你觉得西拉赫的传道书和启示录如何呢？在医院里有的是时间，也有《圣经》，所以我彻底读了个遍。现在我能更好地同你谈谈了。《圣经》真是一本奇妙的书。"

"一点不错。很奇妙。有一半是谎言，因为前言根本不搭后语。你一定比我懂得更多，你上过拉丁语学校。"

"早已忘得一干二净了。"

"你看，克努尔普——"裁缝从打开的窗户向下深深地吐了一口痰，瞪大眼睛，一脸怒容，把下面看了个够，"你看，克努尔普，信仰是没有什么意义的，太无聊了。我再也不信了。是的，再也不信了。"

旅人若有所思地凝视对方的脸。

"是吧。不过，这样说有些过分。《圣经》里也有好事情呢。"

"那当然。只是再翻几页，一定会出现正相反的事情。不，我已经不想了，完全不想了。"

克努尔普站起身来，拿起熨斗。

"不能放两三块木炭进去吗？"他央求裁缝。

"你想干什么呢？"

"我想熨一下背心，帽子也该熨熨了，前不久给雨淋得湿透。"

"你总是这样高尚！"休罗塔贝格有些生气地喊道，"像伯爵般地高尚有什么必要呢？还不是穷光蛋一个。"

克努尔普安静地微笑了："这样比较好看，而且叫人感到愉快。要是为了信仰你不能这样做，那么就为了讨人喜欢而做吧，也为了老朋友。"

裁缝走出门去，随后拿进来热热的熨斗。"这就好，"克努尔普赞美道，"谢谢！"

他开始小心翼翼地熨起软帽帽檐。但是他熨帽子不如缝补熟练，朋友就从他手里接过熨斗，自己熨了起来。

"真是太好了，"克努尔普感谢道，"这样又能变成一顶漂亮的帽子了。不过，裁缝，你太苛求《圣经》了。什么是真实？人生到底是如何形成的？这些都只有靠自己去思索，是不能从书本上得知的。我是这么认为的。《圣经》很古老，从前的人并不知道现在的人所熟知的许多事物，正因为如此，《圣经》上才写了这么多美好的、伟大的事情。真实的事情也不少。有不少地方看来就像美丽的画本一般。那个叫路德的女孩到田里捡拾落穗的情景简直美极了，让人感受到美好的夏天。或者，救世主与小孩们同坐在一起的场面，这比那些骄傲自满的大人们的集会更叫我喜欢。我觉得救世主说得很对。从《圣经》上是可以学到很多东西的。"

"嗯，也许是这样的，"休罗塔贝格点点头，但他并不愿承认对方说得一点不错。"不过，看着别人的孩子总是很容易的。如果你自己有五个孩子，不知道要怎样才能养活他们时，就没有这么简单了。"

他又变得神情阴郁，脸色怕人，克努尔普实在不忍心再看下去。在离开之前，他希望能说点儿什么来安慰裁缝。他想了一下之后，倾身向前，靠近对方，一双澄亮的眼睛认真而严肃地凝视着，"你不认为自己的孩子很可爱吗？"他小声说道。

吃了一惊的裁缝睁大了眼睛："当然，你到底在想什么呢？当然，孩子是很可爱的，特别是老大。"

克努尔普非常认真地点了点头。

"我要走了，休罗塔贝格，谢谢。我的背心因此将会加倍值钱了。还有，你要好好疼孩子，他们也已经这么大了。我要告诉你一个秘密，这个秘密你绝对不可以向外人说起。"

裁缝紧张了起来，严肃地凝视对方澄澈的双眼，完全被克努尔普的气势压倒了。于是，克努尔普非常小声地说了起来，裁缝很费了一番力气才听清楚。

"你看着我！你羡慕我没有家累，每天都这么快乐，其实，你错了。事实上，我也有孩子，一个两岁的男孩。别人不知道他的父亲是谁，母亲生下他之后就死了，所以由别人收养。他现在所在的市镇，说了你也不知道。我知道他在哪里。每次我去那里，就在那户人家周围悄悄徘徊，伫立在围篱旁等待。有时候运气好，能看到那个小家伙，但却不能握手，也不能吻他，只能吹着口哨，擦身而过。就是这样。再见了，为你拥有孩子而高兴吧！"

克努尔普继续在城里踱步。他站在刨木匠的工作场窗户旁，和师傅聊了一会儿天，看着木片有如卷毛般地旋转而出。

半路上，他同亲切地凑近来的警察打招呼，并从白桦木烟壶里拿出鼻烟给他嗅。每到一个地方，他就打听到很多人的家庭和买卖生活上的大小事情。还有镇上会计的早死，以及镇长儿子的放荡事迹，等等。他也把别的地方的新消息告诉大家。为自己能够到处与这些忠厚的居民结为好友感到很高兴。这天是星期六，他在一处酿造场的大门口问那些箍桶匠，今晚在哪儿有舞会举办。

有好几个地方，不过最好的一处是在格尔第芬根的狮子馆所办的舞会，大约走半个小时即可到达。他决定带邻家那个年轻的蓓儿贝蕾去参加。

很快到了中午。克努尔普一走上罗特福斯家的楼梯，一股令人舒畅的强烈香味就从厨房那边向他迎面扑来。他站了一会儿，受到少年般的快乐和好奇心所驱使，抽动鼻翼，尽情吸取美味的香气。虽然他尽可能地悄悄走进去，但他的脚步声还是被听到了。皮匠妻子打开厨房门，全身笼罩着菜肴所冒出的热气，亲切地站在明亮的入口。

"您回来了，克努尔普先生，"她笑脸迎人，"回来得这么早，真是太好了。我今天做了炸肝，要是您喜欢的话，我想为您特别做一份。怎么样？"

克努尔普捋了捋胡子，彬彬有礼地致了敬意。

"谢谢。为什么要特别做呢？只要有汤，我就很满足了。"

"呀，您说什么呢？生病之后，不好好摄取营养是不行的。不然怎么会有力气呢？也许您不喜欢炸肝？就有人不喜欢的。"

他谨慎地笑了笑。

"不，我不是不喜欢。一盘炸肝就是上等佳肴了。这辈子要是每个星期天都能吃到炸肝，那不知有多幸福呢！"

"在我这里您想吃什么就不必客气，请吩咐好了！我为您特地留了一片肝，这对身体是很好的。"

她靠了过来，仿佛要鼓励他似的，对着他笑容可掬，他非常清楚她在想什么。皮匠妻子也确实算得上是个大美人，但他故意装作什么也没有看到。他按着穷裁缝为他熨得笔挺的软帽，眼睛看着别处。

"夫人，谢谢你的好意。我真的喜欢炸肝。我在府上快要被宠坏了。"

她笑了，用食指指点他，"您不必那么客气，我不会相信您的话的。那么就炸肝了！洋葱多加一些好吗？"

"这就更无可挑剔了。"

她有些不安地回到灶旁。他进到备好餐桌的房间里坐了下来，翻阅昨天送来的周报。皮匠终于走了进来，汤端了上来，大家用起午餐。餐后三人玩了十分钟的扑克牌，玩牌的时候，克努尔普表演了几手扑克牌的新招式，让皮匠妻子咋舌不已。他嬉戏般地洗了洗牌，然后娴熟而飞快地排了出来。有时他优雅地把自己的牌扔在桌上，用大拇指迅速地按牌。皮匠在一旁，半带感叹半带宽容，看着这个无所事事的人喜滋滋地表演不足以糊口的绝技。皮匠妻子则深感兴趣地注视着这个最懂得生活的人的表演。她的眼光完全被克努尔普那没有让劳累工作折损的修长而柔嫩的手指所吸引了。

一道游移不定的微弱日光从小窗玻璃射进房间里来，越过餐桌和扑克牌，淡淡地投影在地板上，气若游丝般地旋转着，升向蓝色的天花板。克努尔普眨着眼睛，把这一切都看在眼里。跳跃的二月阳光，充满在这个家里的宁静和平里，也洒在朋友那认真而勤勉的手艺人的脸上，以及美丽的皮匠老婆那有如隔着薄纱般的眼神中——这些他都不喜欢。这对他来说，既不是目标，也不是幸福。他心里想着，要是自己身体健康的话，要是现在是夏天的话，他应该是不会在这里多待一分钟的。

"我想到太阳底下走走。"罗特福斯把扑克牌收在一起，看了看手表时，克努尔普说道。两人一起下了楼梯，他把皮匠留在晒皮场的皮革旁，自己则在煞风景的草园中消失了。

园子被装树液的陶壶隔开，可以一直走到小河边。在这里，皮匠为了方便浸泡皮革，架了一座小小的木板桥。克努尔普就坐在桥上，双脚垂进湍急的河水里，不发出一点声音，用眼光愉快地追逐在脚下飞快游过的黑色鱼群。随后他开始好奇地研究起四周的一切。因为他想找机会和对面那个小女仆搭话。

两座相连的庭园被锈痕斑驳的栅栏隔开。在靠近水边的地方，围篱的桩柱早已朽烂，空了一大块，很容易就可以从一边走到另一边去。邻居的庭园比皮匠这片荒芜的草地照顾得似乎要仔细些。在那边，冬天的蔓草虽然长得东倒西歪，但可以看到并排整齐的花床。两块花圃里长着稀稀落落的莴苣和过冬的菠菜。蔷薇花丛倒在地上，头钻到了土里。前面的房子旁边有好几棵美丽的冷杉，茂茂密密地把房子都遮掩住了。

观察过邻居的庭园之后，克努尔普悄悄地向前行进，从树与树之间的缝隙里，可以看到房子和后面的厨房。没有等上多久，他就看到那个女孩卷起袖子，正在厨房里忙碌着。女主人在一旁，不断地吩咐这吩咐那，指指点点。这个婆娘从不付薪水给熟练的女仆，每年总是换一个见习女仆来。不过，这个婆娘的命令和挑剔看来也没有什么恶意，所以那女孩似乎也习惯了，这从她脸色安详，一点也不迟疑的动作就可以知道。

这个入侵者倚在树干上，伸长脖子，像猎人般眼观四面，耳听八方，小心地注意着。他不觉得时间浪费真可惜，作为旁观者和旁听者，静待人生的变化，一边耐心等待着，一边享受等待的乐趣。每当看到女孩在窗口出现，他就觉得无比快乐。从口音听来，那家女主人不是雷希休特登人，而是山里人，从这里得走好几个钟头才能到达那里。他竖耳倾听，啃了一个钟头的冷杉枝。女主人终于离开了，厨房中静了下来。

他又等了一会儿，然后小心翼翼地迈开脚步，用枯树枝敲打厨房的窗户。女仆没有听到，于是他不得不敲第二遍。她来到半打开的窗边，把窗户整个打开，向外头看了一下。

"咦，您在那里做什么呢？"她低声叫道，"把我吓了一跳。"

"没有什么可吓一跳的！"克努尔普说道，微笑着，"我只是想向你道声好，看你在做什么而已。今天是星期六，我想知道明天下午你是否有可以稍微散散步的时间。"

她表情严肃地看着他，摇了摇头。他一脸悲伤，使得她觉得很不好意思。

"没有，"她坦白说道，"明天没有空，只有上午能去教堂。"

"是吗？"克努尔普喃喃说道，"那么，今晚一定可以一起出去了？"

"今晚？是的，今晚有空，不过我要写信，给故乡的父母。"

"啊，那么过一个钟头后再写也不迟，反正今天晚上又不送信。你听我说，我一直在期待能和你聊一会儿，今晚若是不下冰雹的话，那将是个很好的散步天气。请对我温柔些吧，我没有什么可怕的。"

"我并不是怕您。不过，还是不行，要是让别人看到我和男人散步——"

"不过，蓓儿贝蕾，这里谁也不认识你。再说又不是做什么坏事，跟谁也没有关系，你也不是学校里的学生。那么，别忘了，8点我在下边那个体育馆旁等你，就是家畜市场栅栏那里。或者更早呢？一切随你。"

"不，不，不能更早了。我想还是不行——不能去。不行，我不能去——"

他又露出了少年般的悲伤神情。

"要是你真的不想！"他伤心地说，"我原以为你在这里没有朋友，有时候会想家——我也会想的。所以我想我们聊聊天会好一点儿。我想多知道一些阿哈德豪森的事情，因为我曾经去过那里。当然，我不是强迫你，请你不要放在心上。"

"呀，不会放在心上的。不过，我还是不能去。"

"今晚有空吧？蓓儿贝蕾小姐，只是你提不起劲而已。不过，你一定会仔细想一想的。我得走了。今晚在体育馆旁等你。要是不来，我就自己一个人去散步，心里想着你的事情，想着你现在在给阿哈德豪森写信。那么，再见，请不要见怪。"

他点了一下头，不给她说什么的时间就走了。她看着他在树丛后面消失，一脸茫然，不知所措。然后又拾起刚才的工作做了起来，接着她突然配合着工作——女主人外出了——用动听的声音唱起歌来了。

克努尔普听得一清二楚。他又坐在皮匠的桥上，把中午用餐时塞在口袋里的一小片面包拿出来，揉成几个小团，然后轻轻地扔到水里，一个一个的。接着他若有所思地看着面包团随波逐流，沉了下去，在漆黑的河底被安静而怪异的鱼儿一口吞下。

"是的，"用晚餐时皮匠说道，"又到了星期六晚上了。

你不会知道认真工作一个星期之后，星期六是多快乐的。"

"不，我知道的。"克努尔普微笑了，皮匠妻子也一起微笑着，淘气地看着他的脸。

"今天晚上，"罗特福斯开朗地继续说下去，"今天晚上我们要满满地干上一大杯啤酒。你能立刻拿来吗？另外，明天天气要是好的话，三个人一起去兜风，怎么样？"

克努尔普用力拍了拍皮匠的肩膀。

"我只能说你这里真叫人感到快乐。另外，兜风也是叫人高兴的。不过，今晚我有事。有个朋友在这里，得去看看他才行。他在上边那家打铁铺工作，明天就要远行了——真是可惜。明天我要陪他一整天。如果不是他要走了，我是不会答应陪他的。"

"你不会半夜到处乱跑吧？病还没有全好呢！"

"咦，你说什么呢？也不能太娇惯自己的身体。我不会太晚回来的。钥匙放在哪里呢？让我回来就能进来。"

"真拿你没办法，克努尔普。那么，去吧。钥匙放在地下室的百叶窗下面。知道吧？"

"当然知道。那么，我走了。早点休息！再见。夫人，再见。"

他走了出来。走到下面大门口时，皮匠妻子急急忙忙追了过来。也不管克努尔普愿不愿意，就将拿来的雨伞一把塞给他。"自己的身体要好好保重才好，克努尔普先生，"她说道，"顺便告诉你放钥匙的地方。"

她在黑暗中抓住他的手，转过屋角，来到放下木百叶窗的小窗前停了下来。

"钥匙就放在这个百叶窗下，"她兴奋地喃喃说道，抚摸克努尔普的手，"只要把手伸进缝隙里就行了，就在窗台边。"

"我知道了，谢谢你。"克努尔普有些诧异，抽回了手。

"我留一杯啤酒等您回来喝，怎么样？"她又说了起来，身体轻轻地贴了过来。

"不，谢谢。我很少喝酒。再见，罗特福斯夫人。谢谢。"

"这么急吗？"她情意绵绵地说着，在他手腕上捏了一把。她的脸凑近他的鼻尖。他不想用暴力推开她，只得默默地轻抚她的头发。

"不过，我真的得走了。"他突然出声叫了起来，往后退了一步。

她半张着嘴对他微笑。在黑暗中可以看到她的牙齿晶莹雪亮。"那么，我等你回来。你这个叫人恨得牙痒的家伙。"她压低声音说道。

他把雨伞夹在腋下，从漆黑的小路奔逃而去，在下一个转角的地方，他吹起了口哨，以松弛胸口那可笑的气闷。他吹的是这样一首歌：

> 你以为我对你有意
> 我却绝无那个意思
> 每当在人群中出现
> 我就羞得无地自容

风温热地吹着，星星不时在乌黑的天空隐现。一群年轻人在酒馆中喧闹，等待星期天的来临。从孔雀馆新辟的九柱球场的窗户中，可以看到镇上的老板们，嘴里衔着雪茄，袖子卷到手腕上，手里拿着球在盘算着。

克努尔普在体育馆旁边站住，环视了一下四周。潮湿的风在树叶落尽的栗木林中有气无力地吹拂着。河水在深邃的黑暗中悄无声息地流着，几扇点上灯的窗户倒映在河面上。这个温和的夜晚让流浪者感到全身畅快无比。他嗅闻般地呼吸着。隐隐约约感受到春天的气息和温暖，以及在干净的道路上漂泊的喜悦。他那永无止境的回忆在环视城镇、山川、河谷及周围的一切。他熟悉任何一个角落。他知道每一条街道和每一条散步小径，也知道每一个村庄与每一个部落，每一座庭院与每一家旅店。他细细地思索着，为下一次的旅行拟定好计划。他再也不能留在雷希休特登了。如果不是有皮匠妻子这个重大的负担，为朋友着想，他真想等过完这个星期天再走。

也许应该向皮匠暗示他妻子的举止，克努尔普想。但他又不喜欢插手管别人的事情，他不认为有必要去让一个人变得更好，更聪明。会变成这样，真是遗憾。他对以前的公牛屋旅馆女服务生并不抱好感，一想起皮匠一脸认真地大谈家庭和结婚生活是何等幸福，他就觉得滑稽。到处吹嘘自己的幸福和优点，本来就毫无意义。裁缝从前也是那样大谈什么信仰的。从旁观看这些人的愚蠢，只会令人失笑，大感同情而已。然而，他们却非走这样的一条路不可。

他不想再想下去了，叹了一口气，把这些烦忧全抛在脑后。转身面向桥，倚身在老栗树干上，继续想起自己的漂泊。他想越过休瓦兹华特，但高地上现在还很冷，也许积雪很深，会把长靴弄坏的，住宿的地方又离得那么远。不过，那也是无可奈何的。他得沿着河谷走去，尽可能不要远离两旁的小镇。逐河下行约四个钟头的希尔休缪雷是第一个安全的休歇处。他伫立在那里，这样思索着，几乎忘了他是在等人。微风在枝丫中飘拂。这时候，漆黑的桥上出现了一个细长而不安的身影，略显犹豫地走过来。他立刻看清楚了那是谁，又高兴又感激地跑了过去，挥起了帽子。

"你来了，真是太好了。蓓儿贝蕾，我都快以为你不会来了。"

他走在她的左边，沿着林荫小径向河上游走去。她显得又担心又害羞。

"这是不可以的，"她重复说道，"希望没有人看到！"

克努尔普想尽办法向她搭话。不久，少女的脚步变得沉稳和有规则了，最后，就像好朋友一般，轻快地同他并排走在一起，热心地回答他的问话。她谈起了自己的老家、父母、兄弟、祖母、鸡鸭、雹害、疾病、婚礼和破土典礼等。她打开了自己小小的经验宝库，打开之后，才发现这座宝库比自己所想象的还要大。最后她又谈起了离开自己的家，出来帮佣的经过，以及现在的工作和主人的家庭。

两个人已经远远离开了小镇，蓓儿贝蕾根本没有注意走到哪里了。就在谈话的当儿，她已经忘掉了这一星期以来，在异乡耐寂含悲，没有一个谈话对象的痛苦，变得非常愉快了。

"这是哪里？"她惊叫了起来，"到底要往哪儿去呢？"

"如果你愿意，我们到格尔第芬根去吧，离这儿不远。"

"格尔第芬根？去那儿做什么？还是回去吧，时间不早了。"

"你几点要回去呢，蓓儿贝蕾？"

"10点。到了吧？真是一次愉快的散步。"

"离10点还早呢，"克努尔普说道，"我一定会让你在规定时间回去的。难得两个年轻人聚在一起，今天我们要尽情地跳个够。你不喜欢跳舞吗？"

她紧张起来，目不转睛地凝视着他。

"我最喜欢跳舞了。不过，这么晚了，到底要在哪里跳舞呢？"

"你就会知道的。那边就是格尔第芬根，那里的狮子馆有晚会，我们进去只跳一曲就回来，这样，我们会有一个美好的夜晚的。"

蓓儿贝蕾怀疑地站住了。

"一定很好玩，"她慢慢说道，"不过，别人会怎样看我们呢？我不想被人当成是那样的女人。被人视为是一对，我可受不了。"

随后，她突然非常开朗地大笑大叫了起来，"因为，哪一天我要是有了要好的人，那可不能是个鞣皮匠，我不是轻视你，不过，鞣皮并不是干净的工作。"

"你说得也许很对，"克努尔普毫不在意地说，"你是不会同我结婚的。谁也不会知道我是个鞣皮匠，不过，我想不到你会这样神气。我已经洗过手了，要是你想同我跳舞，我就邀请你去；如果不想，我们就回去吧。"

从茂密的树丛中露出了第一栋房子那蓝白色的山墙。克努尔普突然说了一声"嘘"，并且举起了手指。于是可以听到村子那边传来了演奏舞曲的手风琴和小提琴声。

"那么，请！"少女笑道，两人加快了脚步。

狮子馆里只有四五对男女在跳舞，都是克努尔普不认识的。每个人都彬彬有礼、安静地跳着，看到陌生的一对加进来，谁也没有异议。两人一起跳了慢华尔兹和波卡舞曲，下一曲的华尔兹，蓓儿贝蕾不会跳，两个人就坐在那里看，喝一小杯啤酒。克努尔普身上带的钱只够付这些。

跳舞的时候，蓓儿贝蕾变得非常快活，眼睛亮了起来，环视着小小的舞池。

"该回去了。"9点半时，克努尔普说道。

她一下子站了起来，有点儿舍不得的样子。

"好遗憾！"她小声说道。

"我们还可以再跳一会儿。"

"不，我也该回去了。真是太愉快了。"

两个人走了出去，在门口，少女忽然想了起来，"还没有给乐队钱呢！"

"是的，"克努尔普有些尴尬地说，"大概要二十钱。不过，不巧我一毛钱也没有了。"

她很认真，从口袋里掏出手编的小钱包来。

"为什么不早说呢？这是二十钱，拿去给乐队吧！"

他收下钱，拿去给那些演奏音乐的人，然后走到外面，在门口边站了好一会儿，才在黑暗中看清了道路。风势强劲，还夹杂着小雨滴。

"要不要撑伞呢？"克努尔普问道。

"刮这样的风伞是撑不住的。撑了伞就一步也走不动了。刚才在里面真好。你舞跳得好棒，简直就像舞蹈老师一般。鞣皮匠先生！"

她开朗地继续说下去，不过她的朋友却变得沉默不语。也许是累了，也许是为即将来到的离别而不安。

突然，她唱起歌来——"我在尼卡河畔刈草，又在莱茵河畔刈草。"她的歌声温暖而清澈。从第二句开始，克努尔普和着她的曲调，用低沉的美丽歌声唱第二部，她愉快地竖耳倾听。

"这样，你的思乡病该消失了吧？"最后他问道。

"是呀，"她快乐地笑道，"下次一定请让我再参加这样的散步。"

"很可惜，"他低声说道，"可能这是最后一次了。"

她站住了脚。她并没有听清楚，不过，他的话语中所隐含的悲伤却使她心头一惊。

"你说什么？"她有点吃惊地问道，"我什么地方得罪你了吗？"

"不是那样的，蓓儿贝蕾。不过，我明天就得走了，我辞掉了工作。"

"你说什么呢？是真的吗？真叫人难过。"

"不必为我难过。反正我们在一起也待不长久的。我是个鞣皮匠，你也一定很快能找到好对象，一个很好的男人。这样，你就不会再害思乡病了，一定是这样的。"

"请你别这样说！你也知道我是喜欢你的，虽然我不是你的恋人。"

两人都沉默不语，风呼呼地吹在两个人的脸上。克努尔普放慢了脚步。两个人都走到桥的近旁，最后，他停了下来。

"在这里说再见吧。你还是一个人走一段路的好。"

蓓儿贝蕾内心沉痛地看着他的脸。

"你是认真的了！那么，我向你说谢谢。我不会忘记你的，保重身体！"

他握住她的手，把她拉向自己。就在她畏缩而惊疑地凝视着他的眼睛时，他双手按住她那被雨水淋湿的发辫，低语了起来："再见了，蓓儿贝蕾。给我一个离别的吻，不要把我忘记。"

她有些吃惊，头向后缩。他的眼神温柔而悲伤。现在她第一次发现他拥有一双多么美的眼睛。她睁着眼睛认真地接受他的吻。随后他浮现淡淡的微笑，犹豫着。她眼睛布满泪水，真诚地回报了他的吻。

之后她很快地离身而去，已经走到桥上了，突然又掉头走了回来。他还停在原地。

"怎么了？蓓儿贝蕾，"他问道，"你该回去了。"

"嗯，嗯，我就要回去了。你不会怪我吧？"

"怎么会呢？"

"还有，鞣皮匠先生，你不是说一毛钱也没有了吗？出发之前，还能领到薪水吗？"

"薪水已经不能领了。不过，那没有什么，总会有办法的，你不必担心。"

"不，不！钱包里还是得放一些钱的。拿去吧——"

她把一个钱币塞进对方手里，从手上的感触可以知道那是一块钱。

"等到你能还我时，寄来就好了，什么时候都可以。"

他拉住她的手。

"不能这样，你不能这样花你的钱！这是真正的一块钱。收起来！你非收回去不可！不能这样无知。如果只是零钱，比如说五十钱的话，我会很乐意收下的，因为我真的需要钱，不过这么多可不行。"

两个人又你推我塞地争执了一会儿。蓓儿贝蕾说她只有一块钱，只得把钱包打开来看。这一看才知道她还有一个马克和二十钱的银币。那时候二十钱的银币还可以用。他想收下那个银币，不过她觉得那太少了。于是他打算什么也不拿，掉头就要走，最后，他收下了那个马克。她慢步跑回家去了。

途中，她不断地想着，为什么他没有再吻她呢？她觉得遗憾，也觉得恋恋不舍。她一直这么认为。克努尔普整整花了一个钟头才回到家。上面的客厅灯亮着。看来，皮匠妻子还没有睡，在等他。他愤怒极了，吐了一口唾沫，真想现在立刻就从黑暗中逃去。只是，他累了，再说大雨就要降下来了。他也不想对皮匠做出那样的事情。今晚他想再做一个小小的恶作剧——

他把钥匙从藏的地方拿出来，仿佛小偷一般，小心翼翼地打开大门，反手关了门，紧闭嘴唇，不发出一点声响上了锁，再不露痕迹地把钥匙放回原来的地方。然后他脱下长靴拿在手里，只穿袜子上了楼梯，看到客厅半开的门缝间流泻出灯光，看到皮匠妻子等累了，在长椅上睡着了，发出又深又重的呼吸。随后他悄无声息地进入自己的房间，从里面很仔细地把门锁好，再钻进被子里。内心早已做好决定，明天就走。

怀念克努尔普

　　那是在快乐的青春时代，克努尔普还在人世。我们——他和我——在炙热的夏天，到一处富饶的地方漂泊，几乎不知道人世间有所谓辛劳。我们镇日沿着黄澄澄的麦田漫步，在凉爽的核桃树下和森林边小憩。到了晚上，我倾听克努尔普和农夫们聊天，看着他为孩子们做剪影画，为女孩们尽情欢唱。我很高兴地听着，不带一丝嫉妒。每当我目不转睛地注视他站在女孩们中间，褐色的脸庞闪闪发光，女孩们又说又笑，我就觉得他真是个少见的幸运儿，自己和他却恰好相反。这个时候，为了不使自己站在一旁成了他的累赘，好几次我总是悄悄离去，或是去拜访牧师，聊一个晚上，在那里过夜，不然就是坐在酒馆里，一个人静静地喝闷酒。

我忘不了那个午后，我们走过一处墓场。这墓场同一座小小的教堂一起，远离附近的村庄，仿佛被抛弃了似的，孤立在一片田地间。阴郁的树丛遮蔽了大半个墙壁屋顶，安详而宁静。墓场在白亮亮的田野上休憩着。入口的栅栏两旁各有一棵高大的栗树。因为门关着，所以我想继续前行，但是克努尔普不愿意，他开始爬墙，想要翻越过去。

"才休息过没多久，又想休息了？"我问道。

"是呀，不然，脚底就要疼起来了。"

"是吗？不过，一定要在坟场休息才行吗？"

"我喜欢。一起来吧。农民生活虽然俭朴，不过他们都想死后有个好地方，所以不计成本，在坟墓和两旁种了许多美丽的花木。"

于是我也一起翻越了过去，他说的果然没有错，爬过这座矮墙是很值得的。里面的坟墓有的弯曲，有的笔直并排在一起，几乎每一座坟墓都竖着白色的十字架，布满了绿意和色彩缤纷的花朵：牵牛花和天竺葵绽放得好不热闹；在深邃的阴影中，还有迟开的紫罗兰在展露笑靥；蔷薇花丛缀满了花朵；接骨木则长得密密层层的。

我们略略欣赏了这景致，就坐在草丛中。有几处草叶繁茂，还开着花。我们舒舒服服地伸了伸懒腰，感到清凉无比，真是满足极了。

克努尔普读着近旁十字架上的名字："名叫恩格尔贝德·爱亚，年过六十。现在安稳地睡在木樨草下。美丽的木樨草花，我早就想要了。现在就采一枝回去。"

"不要，摘别的吧，木樨草花最容易凋萎的了。"我说。

他还是折了一枝，插在滚在一旁草地上的帽子上。

"真是安静！"我说。

"真的。要是再安静些，我们可以听到地下的人说话了。"他说。

"怎么可能呢？他们的话早已说完了。"

"你怎么知道呢！人们不是常说死去是睡着吗？睡着的时候说话并没有什么稀奇，有时候还唱歌呢！"

"要是你的话，当然会这样的了。"

"嗯，我怎能不会那样呢？我死了之后，在星期天，少女们会来到这里，站在坟墓旁边，摘取坟墓上的小花朵，那时候我就会轻轻地唱起歌来的。"

"是吗？唱什么歌呢？"

"什么歌？什么歌都可以。"他久久地躺在地上，闭上眼睛，用孩童般的声音唱了起来：

小姐们，为我歌唱吧！

因为我已夭折。

唱一首离别的歌。

下次我再重返人间时，

下次我再重返人间时，

我将是个翩翩美少年。

虽然我很喜欢这首歌，但我还是忍不住笑了。他唱得很美，非常温柔。有些歌词没有什么意义，但旋律优雅，所以这首歌听来美极了。

"克努尔普，"我说，"你不要给女孩们那么多的期望，不然，女孩们迟早会不听你的话的。重返人间是很好的，不过谁也无法确定。那时候你能否变成翩翩美少年，那就只有天晓得了。"

"确实只有天晓得。不过，要是能变成那样的话，不是很好吗？你还记得吗？前天，我们向一个牵着一头母牛的男孩问路。我好想再变成那样的孩子。你不想吗？"

"不，我不想。我认识一个七十几岁的老人，他的眼神非常安详，使人感觉到他具备了一切温和、聪明、宁静的本质。认识他以后，我总是希望自己也能变成像他那样。"

"是吗？不过也还是有不足的地方。本来愿望这个东西就是很可笑的。比如说，要是我现在稍微点个头，就能变成一个可爱的小男孩；你要是点个头，就能变成一个高雅温和的老人。我想我们两人谁也不会点头吧？还是现在这样最好。"

"说得也是。"

"是的。还有别的呢！我常常想，这个世界上所存在的最美好绝妙的东西就是体态轻盈的金发少女，但那也不一定，有时候黑发看起来更美。不只是这样，看到美丽的鸟儿自由地在空中飞翔，我就认为这是万物中最美妙的了，但别的时候，只觉得蝴蝶——比如翼翅上有红条纹的白蝴蝶，美得无与伦比。有的时候则觉得云层里的夕阳余晖美得叫人透不过气来。总之，灿烂的万物，只要不炫人眼目，看起来既愉快又纯洁的时候都是美好的。"

"一点不错，克努尔普。任何事物在和谐的时候看起来都很美。"

"是的。不过，我还有别的看法。我觉得最美的事物总是在伴随着满足、悲伤和不安的时候才显得出美来。"

"咦，为什么？"

"我是这么认为的。即使真的是非常美的少女，事实上并没有那么美——如果不能了解这样的美人青春年华一过，就会上了年纪、最后会死亡的话。要是任何美好的东西都是永久的，永远不变的话——如果真的是这样，我会很高兴的——我将会很冷静地去观察，认为随时都可以看得到，今天不看明天也可以。但若是知道这样的美稍纵即逝，随时都会有变化，那我将不只是喜悦，而且还会心怀同情的。”

“确实不错。”

“所以，再也没有任何事物会比烟火更美的了。漆黑的夜里升起蓝色和绿色的光点，在最美的时候，就划着小小的圆弧消失了。看着烟火，除了感受到喜悦之外，同时也怀着烟火会马上消失的不安。就因为如此，烟火才会比能维持长久的事物显得更美，不是吗？”

“也许是吧，不过，一切事物不能全用这样的眼光来看的。”

“为什么？”

“比如说，两人由于互相钦慕而结婚，或者两人结下深厚的友谊，就因为那能维持长久，而不是立即就消逝的，所以才显得美。”

克努尔普严肃地凝视着我，眨动乌黑的睫毛，若有所思。

“我也这么认为。不过，这和别的事物并没有两样，还是会有结束的一天的。会有许多事物使得友情破灭，爱情也一样。"

"那当然。只是在事情还没有发生之前，用不着想那么多。"

"是吧——你听我说，我谈过两次恋爱，我说的是真正的恋爱。两次我都确信这场恋爱是永久的，只有死才会终止。但是，两次恋爱都结束了，而我还活着。我也有过一个好朋友，那是在故乡老家的时候，我们从来没有想过两人活着的时候会分手。不过，我们还是分手了，很早以前。"

他缄默不语了。我不知道要说什么好。我还没有亲身体验过隐藏在人与人之间所有关系中的痛苦。不管两人的关系如何密切，深渊也总是不时露出，只有爱才能跨越这道深渊，这样的爱不断地筑起跨越的桥来让人渡过深渊。但我并没有这样的经验。我重温朋友刚才说过的话，觉得烟火的比喻说得最好，因为我自身有好几次这样的感受。从黑暗中升起，随即被黑暗吞噬。那若隐若现，诱人心魂的彩色火花，仿佛象征了人类所有的喜悦。愈是美丽就愈是不能满足人，也愈早消失。我把这个感想告诉了克努尔普。但是他并没有同意我的看法。

"唔，唔。"他只是这样应声道。然后隔了许久，他才又悄声细语地说了起来，"这样东想西想并没有什么价值。人也并不是照自己所想的去做，每一举手一投足都不是考虑后的结果，而是随心所欲地做出来的。但是，无论是友情还是恋爱，大概都正如我说的没有错。总之，每个人各自所拥有的只能由自己拥有，是不能和他人共同分享的。每个人在死去的时候都会很清楚地明白这一点。人们为死者伤心哭泣一天、一个月，也有人会痛哭一整年。但死的还是死了，还是消失了。这和没有故乡，没有朋友，躺在棺材里的小学徒是没有两样的。"

"这样说可真没有意思，克努尔普。总之，人活得不能没有意义。我们不是常说吗，不管是谁，只要不是坏人，对人亲切，不带敌意，人生就有价值了。但若是照你刚才所说的，一切就全都一样，不管是偷窃或杀人都变成好事情了。"

"不，不能那么说。如果是这样的话，就可以把偶然相遇的人，见一个杀一个。或者要求黄蝴蝶变成蓝蝴蝶。这会被蝴蝶嘲笑的。"

"我并没有那样说。如果一切都相同的话，善良和正直就没有什么意义。如果蓝色和黄色相同，恶和善一样，那么所谓善就不存在了。这样一来，每个人都像森林里的动物一样，任凭本性去做，既无功绩也无罪过。"

克努尔普叹了一口气。

"唔，被你这么一说，我真不知要说什么好！也许你说得没错。如果是这样的话，意志就没有任何价值，凡事的进行都和我们没有任何关系，使人感到又可笑也可悲。但是，罪恶还是存在的，因为人即使不得不做坏事时，心中也会有罪恶感。善事必须是正确的事。因为只要有善就会使人满足，也会使人觉得不必愧对良心。"

我注视他的神情，知道他已经厌倦了辩论这些话题。这是经常有的情形。每当他开始哲学式的议论，自己定下原则，然后来赞成这个原则或是反对这个原则，说着说着，就又突然停住了。以前，我都以为他是因为厌倦了我那不成熟的回答或反论，但现在我明白，并不是那样的，而是他把自己带进了思考和知识所不能企及的地方。他确实读过很多书，特别是托尔斯泰的作品。但是，他自己也知道，自己并不能准确地区别出正确的结论和错误的结论。他谈论学者，就像一个有天分的儿童在谈论大人一般，也就是说，他承认学者们具有更大的力量和更多的手段，但是学者们并不能用这些力量和手段去做出任何有价值的事情，也不能解开人世间所存在的各种谜题，所以他看不起学者。

他躺了下来，头枕在双肘上，透过接骨木浓黑的树叶缝隙凝视蓝天，口里不经意地哼起莱茵河的古老民谣，最后的几句我还记得——

从前我穿的是红色上衣，
现在必须换上黑色的丧服。
六年，七年，岁月流逝，
直到我的爱人化为尘土为止。

暮色苍茫，我们坐着，面对墨黑的丛林，各自啃着一大片面包，看着夜色降临。几秒钟之前，山丘上的黄昏天空还闪烁着金黄的光辉，宛如棉絮般地溶解在微光的暮霭中，现在已经一片漆黑，描出树林、田野与草丛的乌黑轮廓。天空中还残留几丝白天的蔚蓝，不过已经转成深夜的浓蓝了。

在天还没有完全暗下来时，我们读着一本小书里的滑稽歌。这本叫作《德国手风琴歌集》的书里，都是一些好玩而可笑的歌曲，还附有小小的木版画插图。就在白天的亮光全都消失时我们也读完了这本书。吃过面包，克努尔普说想听音乐。于是我从口袋里掏出沾满面包屑的口琴，仔细地擦干净，然后吹了几首熟悉的曲调。才坐了那么一会儿，我们面前的暗黑，就在重叠起伏的景色中扩散开了。天空中褪了色的微光也已消失，漆黑愈来愈密。慢慢地，星星一个一个地亮了起来。我们的口琴声飞向轻柔、细致的原野中，最后在广阔的虚空中消逝了。

"现在还不能睡，"我对克努尔普说，"再告诉我一个故事，不必是真的，或者童话也可以。"

克努尔普沉思着。

"嗯，"他说，"是真的也是童话，两方面都有。那是一个梦，是去年秋天做过的梦，一模一样的梦我梦见过两次。我就把这个梦说给你听吧——

"那是在一座小镇的小街上，景致很像我的故乡。每一户人家的山墙都向小街延伸过来，那里的山墙比别的地方的高。我从那中间走过，仿佛久别之后再度归乡的感觉。然而我却喜忧参半，因为有些地方很奇怪，不能确定自己是否弄错了地方，故乡是不是已经不存在了。但是有不少地方我一看就知道是故乡的街道。然而又有很多房子非常陌生，从来就没看过。我找不到通往小桥和广场的道路，反而从很生疏的庭院和教堂旁走过。那和科隆及帕塞尔的教堂非常相似，有两座巨大的高塔。但是，我的故乡的教堂却没有那样的塔，只是在临时搭建起来的屋顶上加上没有尖头的木梢而已。因为以前建造的时候有错误，所以没能将塔完成。

"镇上的居民也是一样，远远看去。人群中有不少人是我认识的，名字我也记得，我要喊他们，名字已经到嘴边了，但就在喊出来以前，有的人已经走进家里或者旁边的巷子里，消失了。也有的人走近，从我旁边通过，一看，却是别人，是我所不认识的人。然而，等那个人走过，往前走去，我目送着他时，还是觉得就是那个人，是我所认识的那个人，不会有错的。我看到有好几个女人并排站在一家商店前面。其中的一个甚至看起来很像我死去的姑妈。但是，一走到旁边去，她们又变成我完全不认识的人，说着我几乎不懂的别的地方的方言。

"于是我不得不思索了。这到底是不是我的故乡小镇呢？我是否要再离开这个小镇呢？然而我还是一再地去审视我熟悉的家属和熟悉的脸，每次我都被当成了傻瓜。虽然如此，我并不生气，也不觉得不愉快，只是感到悲伤，内心充满了不安。我想祈祷，绞尽脑汁，但只想得出毫无用处的老套句子——比如'值得尊敬的阁下'或'现在的情势是'之类——我语无伦次，悲伤地喃喃说出这些句子。

"就这样似乎过了好几个钟头。最后我全身发热，筋疲力尽，茫然地在街头徘徊、踉跄。天色已晚，于是我决定向碰见的人打听旅馆或大马路往哪里走。但是，谁也不搭理我，仿佛我是空气一般，大家兀自从我身旁走过。我又疲倦又绝望，几乎快哭出来了。

"这时候街角突然一转，于是，眼前出现了故乡古老的小巷。虽然有些改变，还有一些新的点缀装饰，但再也不会让我产生丝毫的困惑了。我笔直往前走去，装饰物如花似锦，但每一栋房子我都区分得非常清楚。最后，我找到了出生的老家。这栋房子看起来也显得不自然的高大，不过其他的地方都和以前完全相同，愉悦和兴奋从我的背脊直升而起。

"门口站着我的初恋情人。她的名字叫做嫣丽蒂。只是她看起来比以前大了许多，有些改变，不过更加漂亮了。走过去，甚至令人觉得她的美真是奇迹的产物，宛如天使降临一般。不过，我发现她有一头亮丽的金发，而不是嫣丽蒂那样的棕色。即使如此，她彻彻底底就是嫣丽蒂。虽然她光彩照人，仿佛另一个人一般。

"'嫣丽蒂！'我叫她，脱下帽子。因为她看起来实在太美了，我不知道她是否还记得我。

"她转过身来，凝视我的眼睛。被这么一看，我几乎惊羞得无地自容。因为她并不是我想的那个人，而是我交往过好长一段时间的，第二个情人丽莎蓓。

"'丽莎蓓！'于是我叫道，把手伸了过去。

"她凝视我，眼神贯穿我的心。仿佛被神注视一般，不严厉，也不高傲，而是安详、澄明，充满了智慧，使我觉得自己就像是一条狗。她注视着我，神情严肃而悲伤，宛如面对一个厚颜无耻的问题一般，她摇摇头，没有接受我伸出去的手，转身走进家中，从背后静静地带上门。我可以听到'咔嚓'一声门锁上了。

"于是我反身离开了，眼睛被泪水和遗憾弄得几乎什么也看不见。小镇又变了，我觉得非常不可思议。这次，每一条小巷，每一户人家都和以前一模一样，再也没有那种如梦似幻的感觉了。山墙也没有那样高大，色彩如昔，每个人都同以前一样，一见到是我，都又惊又喜地凝视我，有不少人还叫出我的名字来。然而，我不能回答，也不能停下脚步，只是往熟悉的道路跑去，上了小桥，走出小镇。只能带着伤痛的心，用湿润的眼睛看着一切而已。我不明白为什么会变成这样，只觉得自己在这里已失去了一切，因而不得不含羞带辱地逃离开去。

"出了小镇，不得不在白杨树下略停下来时，我才第一次想到自己回到故乡，已经站在老家门口了，却丝毫没有把父母、兄弟、姊妹和朋友放在心上。自己的心里依然充满了前所未有的混乱、悲伤和羞耻。然而，我却不能回头去补偿一切，因为梦做到这里，我就醒来了。

"每个人都各自拥有自己的灵魂。那是不能同别的灵魂交杂混合的。两个人可以一起行动，互相交谈，处在一起，但是他们的灵魂却像花朵一般植根在不同的地方。任何灵魂都不能到别的灵魂那里去。要去的话就得离开自己的根，但那是不可能的。花朵为了能互相在一起而送出自己的香气和种子，然而花朵却不能让种子到该去的地方去，那是风的工作。风爱吹到这里就吹到这里，爱吹到那里就吹到那里。"克努尔普说道。

　　"我说给你听的梦，或许也具有同样的意义。我并不是故意要对不起嫣丽蒂和丽莎蓓。但是，我两人都爱，都想拥有，因此，在梦境里就出现很像她们两人，但却谁也不是的姿影。那个姿影是属于我的，但却不是活着的姿影。我也常常这样地来想我的父母。父母认为我是他们的孩子，很像他们。然而，即使我非爱父母不可，对于父母来说，我也是个无法理解的陌生人。对我来说最重要的灵魂，父母则觉得那是细枝末节，觉得我会变成这样都是因为我的年轻和我的脾气所致。因此，他们还是照样疼我，把一切爱贯注给我。父亲可以把鼻子、眼睛甚至智力之类遗传给孩子，但是灵魂却不能遗传。在所有的人之中，灵魂都是新造的。"克努尔普又说道。

我什么也不能说。那时候这个想法，或者至少这个需求从来就没有在我身上出现过。事实上我是很喜欢这种思索的。因为这对我来说一点都不深刻，我想，这对克努尔普来说，是一场游戏，并不是战斗。我们两个人躺在干草堆上，等待夜晚和睡意来临，看着早现的星星，真是静谧又美好。

"克努尔普，你是个思想家，应该去当教授的。"我说。他笑了，摇摇头。

"不如说我该加入救世军的好。"随后他沉思地说道。

这样说未免太过分了。"你不要再演戏了！难道你要成为圣人吗？"我说。

"是的。不管是谁，只要言行举止是认真的，他就是圣人。一旦认定某件事是正确的，就非去做不可。如果救世军的所作所为是正确的，我就会加入。"

"一定是救世军吗？"

"是的。让我告诉你理由吧！直到目前为止，我和许多人谈过话，听过许多人的演讲，听过牧师、教师、市长、社会民主党员和自由主义者的演讲。其中没有一个人是认真的，我不相信他们在必要的时候会为真理而牺牲自己。救世军那里，虽然经常有乐队演奏，很是吵闹，但我看过三四次认真的人。"

"你是怎么知道的呢？"

"看了就知道了。比如有人在村子里演讲。那是星期天在外头，尘土飞扬，暑气逼人。他的声音马上就嘶哑了，就是不嘶哑，他也失去了威风，再也说不出话来了。他就让三个同伴唱一段歌，利用机会喝一杯水。半个村子的人站在他周围，有儿童，也有大人。大家都当他是傻瓜，轻视他。后面站着一个年轻仆人，手里拿着鞭子，不时噼噼啪啪作响，想要激怒演讲的人。每当这时候众人就一阵哄笑。可是，那个可怜的家伙并不笨，他不生气，而用轻声细语应付那骚动。要是换上别人，大概就会怒吼大骂起来了。你想想看，他不会是为了一点小钱和小小的兴趣而做的吧？心中一定是有巨大的光明和信念的。"

"也许是吧。但也不能一概而论。像你这样纤细敏感的人是不会加入那样的骚动的。"

"那也说不定。要是我了解并且拥有比纤细和敏感更好的特质的话。当然事情不能一概而论，不过真理是可以行之于万人的。"

"啊，真理！你怎么能知道高唱哈利路亚的那些家伙是有真理的呢！"

"你说的一点不错，是不能知道。不过，我要说的是如果我知道那是真理，我就会追随而去。"

"如果那是真理，你每天可以发现一个智慧，但第二天你就否定掉。"

他困惑地凝视我的脸。

"你真刻薄。"

我想道歉，但是他不接受，一直沉默不语。最后，他轻轻地道了晚安，安静地躺了下去。他似乎没有睡着。我依然处在亢奋状态下，头枕在手肘上，凝望了一个钟头以上的夜色。

第二天早上，我立刻就看出来克努尔普今天心情很好。我把我的看法说了出来，他那双宛如孩童般的明眸，晶莹透亮，看着我。"你猜对了。那么，我心情会这么好，你知道是为什么吗？"他说。

"不知道，是为了什么呢？"

"是因为昨晚睡得很好，做了许多好梦。只是这些梦是不能记住的。在梦里，华丽而愉快的事情连续不断，但全都忘得一干二净了，只记得那个梦是非常美好的而已。"

我们到了下一个村庄，在喝早晨的牛奶之前，他已经用温暖、轻柔、悠扬的歌声，在宜人的清晨中，唱了三四首新歌了。如果把这些歌记录下来印刷出来，大概会很枯燥无味吧。但是克努尔普即使不是大诗人，也算得上是个小诗人。他一唱起来，他的小曲，就像美丽的姊妹一般，常常和别的最美的歌有些相似。我所记得的每一个地方和每一个句子真的美极了，在我看来，价值是永远不变的。没有一个字记下来。他的歌宛如微风吹拂一般，天真无邪，毫无造作地送过来，然后自生自灭。不只我和他，其他的孩童和老人等许多人也一样，他的歌能带来不少的愉悦。

宛如穿着华丽衣裳的少女，

就要出门一般，

鲜红而得意，

太阳从冷杉林中升起——

那一天，他就这样唱着太阳之歌。在他的歌里常常出现太阳，用太阳做比喻。奇怪的是，在对话中总是忍不住要加入思考的他，作出来的诗句却有如可爱的孩童穿着亮丽的夏季衣裳一般，纯洁自然。有时候虽然只是一些毫无意义的诗句，但听来却能使人感到心旷神怡。

那一天，我被他的愉快心情整个感染了。我们向每一个碰到的人打招呼，开玩笑，因此走过去之后，有的人在后面笑我们，有的人则骂我们。一整天就像节日般地过去。我们谈起学校时代的恶作剧和玩笑。为擦身而过的农民，有时候也为马和牛取绰号。在避人耳目的墙角下把偷采来的醋栗吃得饱饱的，大约坐了一个钟头，让体力和长靴底休息一下。

我认识克努尔普的日子并不久，还没有看过他这样的开朗、愉快过。我想，从今天起，真正的共同生活和漂泊以及乐趣就要开始了，内心不禁雀跃不已。

中午变得又湿又热。我们躺在草中休息的时间比走路的时间还多。到了傍晚，因为有雷雨的迹象，并且空气沉重得令人气闷，所以我们决定去找过夜的地方。

克努尔普的话愈来愈少，似乎有些累了，但我几乎没有注意到。他依然尽情笑着，有时候还和着我唱歌，所以我越发地欢畅，觉得喜悦之火不断地在心中燃起。相反的，大概在克努尔普心中，他那华美的光辉已经开始消退了。那时候的我，在愉快的时光里，到了夜晚总是愈加显得有精神，几乎达到无以排遣的地步。事实上，在高兴过后，我常常在夜里等大家都累了、睡了之后，又自己一个人踱步好几个钟头。

这个时候我就这样受到黄昏的喜悦热浪的袭击。当我们往山谷中的热闹村庄走下去时，我的内心里就在期待有一个愉快的夜晚。我们先找了一个离村庄稍远，看起来很容易进去的谷仓，决定今晚在此过夜之后，就到村子里。我们走进一家餐馆的美丽庭院里，因为这天晚上我的朋友是我的客人，我要招待他。今天过得非常愉快，所以我打算请他吃蛋包饭和喝两三瓶啤酒。

克努尔普也欣然接受我的请客。但是一坐到设在漂亮的法国梧桐下的席位上时，他却一脸无奈。"我们不要喝太多。要是只喝一瓶啤酒的话我很乐意，那对身体很好，而且使人觉得愉快。不过，再多的话，我可不愿意。"他说。

我说那也好，心里想，反正他会喝得畅快的。我们吃着热乎乎的蛋包饭，还有新烤的营养丰富的黑面包。当然，我立刻就叫来了第二瓶啤酒，可是克努尔普的第一瓶啤酒还剩下一半。我一坐在上等的豪华餐桌上，心情就非常愉快，心想今晚还要再好好乐一下。

克努尔普喝完了第一瓶啤酒，我怎么劝他也不肯再开第二瓶，他提议现在到村子里去逛一下，然后早一点睡。这不是我心里所想的，但也不愿竭力反对。因为我的酒瓶还没空，所以他说先走一步，等一下再见面，我也没有说什么。

于是他走了出去。我目送他把野菊花夹在耳朵后方，踩着悠闲愉快的步伐，下了几级阶梯，走进宽阔的街道，慢慢向村子里踱步而去。他没有再和我干掉一瓶酒，很是遗憾，不过目送着他的时候，心里还是愉快地深刻感觉到，他真是个讨人喜欢的家伙。

这时候太阳已经下山，但燠热依旧。在这样的天气中，我喜欢平稳舒泰地小酌上几杯，所以我又在餐桌前坐了片刻。客人几乎只有我一个，因此女服务员有充分的时间同我聊天。我请她拿来两支雪茄，原来预备给克努尔普一支的，后来我竟然忘了，自己吸了起来。

大约过了一个钟头，克努尔普折了回来，想把我带走。但是我懒得动，他又困倦不堪，所以我们决定他一个人回我们的谷仓去睡。这样，他走了。女服务员立刻刨根掘底地向我问起他的一切来。他总是受到任何女孩的注意，我也并不在意。再说他是我的朋友，她也不是我的情人。我甚至赞美了他。我是那样愉快，对谁都抱有好感。

空中响起了雷鸣，微风开始在法国梧桐中吹拂了起来。我终于缓缓地站起来，付了账，给女服务员十块钱小费，慢慢地走了出去。走着的时候，很清楚地感觉到自己多喝了一瓶。最近这些日子，烈酒几乎不曾沾上一滴。不过我很快乐，因为我是善饮的。我哼着歌，循着小径往谷仓走去。当我悄悄地钻进谷仓里时，克努尔普酣睡正甜。他把褐色上衣铺开垫在手肘上，有规律地呼吸着。我凝视他的额头和露出来的颈子，以及一只伸得笔直的手，在浑浊的微亮中发出苍白的光。

随后我和衣躺了下来，由于心情亢奋和酒醉醺然，一直睡不着，好不容易沉沉睡去时，外边已是晨曦微明。虽然睡得很熟，但却睡得不香甜。我觉得四肢沉重，尽做一些莫名其妙的噩梦。

第二天早上，我很晚才醒过来，已经是大白天了。强光刺痛了我的眼睛，我觉得脑袋空洞、迟钝，手脚无力。我打了一个大哈欠，揉揉眼睛，伸直双手，关节咔嚓作响。虽然全身慵懒，但是昨天的好心情以及快乐的余韵依然留在体内。我想在近旁的清澄泉水里把轻微的宿醉洗去。

然而情况不对。我环视了一下，克努尔普不在。我吹口哨叫他。开始的时候我还不在意，但是呼叫、吹口哨都找不到他之后，我才省悟到说不定他抛弃我了。是的，他走了，悄悄地溜了，再也不想留在我身边了。也许是昨天我喝酒使他觉得不愉快。也许是他自己昨天太放肆，今天觉得不好意思。也许只是一时兴之所至。也许他不相信我有和他共同漂泊的心思，或者是因为想要孤独而突然改变了决定。但我想还是因为我喝了酒的关系。

高兴的心情顿时消失得无影无踪，羞耻和悲伤充满了我的心。我的朋友现在在哪里呢？虽然他昨天说过那样的话，但我多少已理解他的灵魂，觉得自己已经同他合而为一了，然而他走了。我一个人站在那里，感到孤独与幻灭。与其责怪他还不如谴责自己。克努尔普说过所有的人都生活在孤独里，但我从来就不肯相信，然而现在我却非尝受这份孤独不可了。孤独是痛苦的。不只那一天是孤独而已，那以后，虽然有些好转，但是孤独却再也不曾离开过我。

结局

　　十月的一个晴朗日子。饱吸阳光的轻盈空气被吹拂而过的阵阵微风摇晃着。田野上和庭院里，升起了燃烧秋草的淡蓝色轻烟，袅袅腾腾，燃烧的杂草和樟木发出强烈而甜蜜的香气，弥漫在明亮的大自然中。色彩浓艳的野菊丛、颜色淡褪的晚开蔷薇，以及大理花绽放在农村的庭园里。墙角下火红的金莲花，衬在苍白凋零的杂草丛中，宛如燃烧一般。

　　玛霍尔德医生的单马车，在通往布拉哈的国道上慢慢走着。道路缓缓地上坡，左边是已经收割了的麦田，以及还在收获的马铃薯地。右边则是一片刚栽植不久的冷杉林，挤得密密麻麻的，仿佛要窒息了一般，树干和枯枝形成一道褐色的墙。地面则铺满了一层厚厚的褐色干枯针叶。道路笔直地伸向秋天柔和的蓝色天空里，似乎那里就是世界的尽头。

医生双手松松地握着缰绳，任凭心爱的老马随心所欲地走去。他刚从一个临终的妇人那里回来。虽然早已无可救药，但是她为了活下去，顽强地奋战到最后一分钟。医生精疲力竭，坐在平稳地跑着的马车上享受这个令人心旷神怡的白天。他吸着野火散发出来的香气，朦朦胧胧，思考的能力已经沉睡。这情景勾起了他学生时代愉快的秋季假期的模糊回忆。这回忆甚至可以远溯至开朗、清脆，还不成形的幼年时代对黄昏的追忆。他是在农村长大的，很熟悉农村的四季变化以及不同的农作物特征，他尽情沉浸在这样的愉悦里。

就在他快要睡着了时，马车停下来，他醒了过来。道路中央有一条横沟，前车轮陷了进去。马似乎很感谢地站在那里，愉快地享受着休息等着。

玛霍尔德听到车轮声音突然静息下来，睁开眼睛，拉了拉缰绳。茫然了几分钟，然后微笑地看着依然安详、明朗的森林和天空，和蔼地弹响舌头，鼓励马前进。接着他坐直身体，他不喜欢在白天睡觉，于是点了一支雪茄。马车缓步前进。两个戴宽边帽的女人，在田地那边一排装得满满的马铃薯袋后头向他打招呼。

已经快到山丘顶端了。马满心期待就要从故乡山丘的长坡上跑下去了，精神饱满地抬起了头。这时候，一个看来像是旅行者的人从近旁明亮的地平线那头出现了。在出现的刹那间，他高高地站立着，天空的明亮蓝色整个包围了他，随后一走下来，就成了一团小小的灰色。走过来的是一个蓄着小胡子，衣衫褴褛的瘦削男子。很明显的，是一个以马路为家的流浪汉。虽然看来他的步伐疲倦不堪，但还是很有礼貌地脱下帽子，说了声"你好"，"你好。"玛霍尔德医生应道，目送这个走过去的异乡人。但是他突然拉住马，站了起来，隔着坚硬的皮车篷喊了起来："喂，请你来一下！"

　　全身满是尘土的旅人停住脚步，回过头来。脸上浮现出淡淡的微笑，转身似乎又要继续走去的样子。但随即又改变主意，听话地回身过来。

　　他站在低矮的马车旁边，把帽子拿在手里。

　　"对不起，请问你到哪儿去？"玛霍尔德大声问道。

　　"沿着这条道路到贝希特泽库去。"

　　"我们是认识的，只是想不起名字而已。你知道我是谁吧？"

　　"我想你是玛霍尔德医生。"

　　"果然没错。那么，你呢？你叫什么名字呢？"

"你一定知道我的。我们曾在普洛夏老师的指导下同窗过。那时候你的拉丁语预习还是从我这里抄过去的呢！"

玛霍尔德一下子从马车上跃下来，凝视对方的眼睛，随后呵呵大笑，拍着对方的肩膀。"一点不错！"他说，"那么，你就是那个鼎鼎有名的克努尔普了。我们是同学。握手吧，真叫人怀念。如果我没有记错的话，我们已经有十年没有见面了。你还在漂泊吗？"

"是的。年龄愈增，习惯就难改了。"

"确实不错。那么这次到哪儿呢？还是回故乡吗？"

"你猜得一点不错。我要到葛尔巴斯亚去，在那里有一点事。"

"是吗？还有家人在那里吗？"

"一个也没有。"

"克努尔普，你看来已经不年轻了。我们两个人都快四十了。你那样想佯装不认识地从我身旁走过，真是太差劲了——看来你是需要一个医生来看看你呢！"

"咦，你说什么呢？我又没有什么毛病，即使有，也是医生治不好的毛病。"

"这你会慢慢知道的。总之，上来吧，一起去吧，这样我们才能好好地聊聊。"

克努尔普稍稍后退些，戴上帽子。医生伸手想扶他上马车，他显出困惑的神情拒绝了。

"不，不必那么做。只要我们还这样站着，马是不会跑掉的。"

说着，他的咳嗽发作了起来。把一切看在眼里的医生立刻抓住对方，让他坐上马车。

"这就好了，"他让马跑起来说道，"快到山丘顶端了。然后就是快马加鞭，也要三十分钟才能到达。咳嗽咳得这么厉害，你不要说话，到我家里可以继续说——什么？不，现在已经由不得你了。病人本来就应该躺在床上，不该到大马路上来的。那时候你给我的拉丁语帮了很大的忙，现在轮到我了。"

他们翻过山脊，一边刹车一边慢慢地下了长长的缓坡。那边已经可以看到露在树梢上的布拉哈的屋顶。玛霍尔德握住一小截缰绳，注意路面的状况。克努尔普累了，半躺着被马车拉着走，愉快地享受着这份强迫的体贴。心里想，只要骨头不散开，明天，最迟后天，也要继续朝葛尔巴斯亚旅行而去。他已经不是可以悠闲地浪费时光的年轻人了。现在他是一个生病的老人，只想在死以前再看故乡一眼，除此之外，别无所愿。

在布拉哈，朋友把他让进起居间，叫他喝牛奶，吃面包和火腿。两人交谈着，慢慢地恢复了亲密关系。随后医生第一次问起了病情。病人服从地，带点自嘲地接受医生的问话。

"你真的知道哪里有毛病吗？"玛霍尔德诊察过后问道。他的口气轻松，漫不经意。克努尔普很是感激。

"嗯，知道，玛霍尔德，是肺病。我也知道已经活不久了。"

"什么？这怎么能预料呢？不过，既是这样，你就得躺着接受治疗才是。你暂时住在我这里好了，我会设法送你进附近的医院。你到底是怎么了，该好好振作了。"

克努尔普穿上上衣，把瘦削的灰色的脸转向医生，带着恶作剧的表情，毫不在意地说了起来："谢谢你的费心，玛霍尔德。请顺其自然好了，不可对我抱太大的期望。"

"我们静观情况好了。现在趁院子里还有阳光，你去晒晒太阳。丽娜会为你铺好床。我们要好好监视你才行。一辈子都在太阳下和空气中生活的人，竟然会把肺弄坏，一定是哪里不对劲了。"

这样说过之后他走了出去。

女管家丽娜没有好脸色，反对把这样一个流浪汉让进起居间里。但是医生打断了她的话。

"不能这么说，丽娜。他再也活不了多久了。在他死以前，要让他幸福地生活一下。对了，他是爱干净的。上床以前，让他洗个澡。把我的睡衣拿一套给他，也许他需要冬天的拖鞋。不要忘记他是我的朋友。"

克努尔普整整睡了十一个钟头。在起雾的早晨，蒙蒙眬眬地躺在被窝里，现在好不容易才慢慢想起是在谁的家里。直到太阳从雾中升起，玛霍尔德才允许他起床。两人用过早餐，坐在洒满阳光的露台上，饮着红葡萄酒。好好地吃了一顿再加上喝了半杯葡萄酒，克努尔普恢复了精神，开始说了起来。医生特地挪出了一个钟头，再一次和这个作风古怪的同学闲谈，想要打听一下这个特立独行的人生活上的点滴。

"那么，你是很满意自己所过的生活了？"他微笑着说道，"如果是那样的话，当然是没什么可说的了。但如果不是，就要说像你这样的人是太可惜了。你可以不必是牧师或教师，但至少也该是自然科学家或诗人。我不知道你是否利用过自己的天分，或者去琢磨过自己的天分，但我确知你是浪费自己的天分了。我说的不对吗？"

克努尔普一手托着长满薄髭须的下巴，凝视透过葡萄酒杯的阴影，在涂满阳光的桌布上跳跃的红光。

"不能那么说，"他慢慢说道，"你所说的天分并没有什么了不起。我会吹几声口哨，拉手风琴，偶尔作作小诗。从前跑得蛮快，舞也跳得不坏，也只是这样而已。但我并不是一个人玩弄这些。通常是和朋友、年轻女孩、儿童们一起戏耍，然后他们都向我致谢。这就好了，这就满足了。"

"当然，"医生说道，"就算是那样吧。不过，请让我再问一个问题。那时候在拉丁语学校你和我同学到五年级，现在我还记得很清楚。你是个好学生，也当上模范少年，然后你就突然消失了踪影，人家说你进国民学校去了，因此我们就那样分了手。我作为一个拉丁语学校的学生，不能和进国民学校的人做朋友。为什么你要进国民学校呢？以后每听到你的消息我就总是那样想。那时候要是我们还继续在同一个学校里，事情一定会有不同的结果。那到底是怎么了呢？是你厌倦了呢，还是你父亲不愿再每月付学费了呢？或者是有其他的什么原因？"

病人伸出枯黄瘦黑的手端起酒杯，但并没有要喝的意思。他只是看着穿过葡萄酒的庭园的翠绿光芒，就又小心地把酒杯放回餐桌。随后无言地闭上眼睛，沉思着。

"你不愿谈起那段往事吗？"朋友问道，"不谈也可以的。"

"不是的，"他更加迟疑地说了起来，"还是要说的，这件事我从来没有向人提起过。现在有人愿意听我说，那是太好了。虽说只是童年时代的往事，不过对我来说是很重大的。好几年来这件事一直困扰着我。现在被你这么一问，又勾起了无限思绪。"

"为什么呢？"

"最近我总是不断地想起那段往事，所以才又决定去葛尔巴斯亚的。"

"是吗？那么请说吧。"

"玛霍尔德，那时候我们是好朋友，至少一直到三年级或四年级时是。那以后就很少见面。你在我们家门口吹口哨，我也常常让你吃闭门羹。"

"一点不错。我从来没有想起过二十年以前的事情。真叫人吃惊，你的记忆力真是太好了！然后呢？"

"现在就要说明始末了，那是为了女孩子。我很早就对女孩子感兴趣，在你们还相信小孩是鹳鸟带来的，或是从井里生出来的时候，我就已经非常清楚男孩和女孩是怎样生出来的了。那时候这对我是很重要的问题，所以我没有加入你们的印第安人游戏。"

"那时候你不是十二岁吗？"

"快要十三岁了，比你们大一岁。有一次我生病躺着，一个亲戚的女儿来我家做客，她比我大三四岁，和我玩了起来。等我病好了可以起床之后，一天晚上我进入她的房间，在那里我知道了女人是什么样子。我非常吃惊，逃了出来。我再也不想同那表姐说一句话，她让我厌恶。我害怕她，那件事深深印在我的脑海里。那以后有一段时间，我总是跟在女孩子后头。鞣皮匠哈吉斯家里有两个女孩和我同年，附近还有几个女孩子。我们在漆黑的阁楼房间里玩捉迷藏，总是忍住笑，互相呵痒，搞一些小秘密。在那个圈子里通常只有我一个人是男孩。我常常给其中一个女孩子编发辫，要她给我一个吻。大家都还没有长大，几乎什么也不懂。即使如此，也是充满了情趣，我也曾躲在树丛中，偷看女孩们洗澡——有一天，新来了一个女孩。她住在远离市区的地方，父亲是个编织工匠。她的名字叫法兰翠丝，我对她一见钟情。"

医生截断对方的话语，"父亲叫什么名字？我也许知道那个女孩。"

"那就免了吧，我不想说，玛霍尔德。这和现在谈的话题没有关系，我也不喜欢有人知道她这方面的事情——言归正传！她比我大，也比我强壮。我们有时候也吵架，推来挤去，然后她紧紧地抱着我，几乎使我发痛，我两眼昏眩，仿佛喝醉酒一般，觉得非常舒畅，因为我深深钦慕着她。她比我大两岁，说想要有一个情人。我唯一的愿望就是成为她的情人——有一次，她一个人孤独地坐在鞣皮场的河边，双脚伸在水上晃荡。刚洗过澡的她，只穿着一件无袖内衣。这时候我走了过去，坐在她身边。我突然鼓起勇气，对她说想成为她的情人，请她一定答应。但是她用那褐色的眼眸哀怜地凝视我。'你还是个穿短裤的小男孩，知道个什么情人、喜欢呢？'她说。我说我什么都知道，要是你不做我的情人，我就把你丢下河去，我也一起跳下去。于是，她用成熟女人的眼光审视我。'那么，我们试试看。你会接吻吗？'她说。我说会，很快地吻了她的嘴，心里想，这样就可以了吧？没想到她抓住我的头，紧紧地按着，像个成熟的女人一般，真正地吻了我，我几乎什么也听不到了，头昏眼花。过后，她低声地笑了起来。'你和我一定合得来的。不过，还是不行。我不要一个进拉丁语学校的情人。那样的人没有好人。我要一个真正的大人来做我的情人。像是工匠或手艺人之类，不要做学问的人，学问不行。'她把我抱在膝上，在她那坚实、暖和的手腕的环抱下，真是舒服极了，我再也离不开她了。于是，我向法兰翠丝保证说我不去拉丁语学校了，我要当工匠。她只是笑着，我不再退缩。最后她又吻了我，答应我要是不再是拉丁语学校的学生，她就做我的情人，她要让我幸福。"

克努尔普停住不说了，咳嗽了好一阵子。朋友很注意地看着对方，两个人都沉默了片刻。不久，他又继续说了起来："现在，你知道前后经过了吧。当然，事情的进行并没有我想象得那么快。我说我不想再去拉丁语学校了，绝对不去了，父亲就赏了我两三个耳光。我不知道该怎么办才好，也常常想干脆放一把火把学校给烧了。这虽然是很孩子气的想法，但我是认真的。最后我想到了唯一的逃避方法，那就是在学校里什么也不做，只是混。你一点儿也没有注意到吗？"

　　"真的。我可以模糊地记起来了。你有一段时间每天都被老师留下来。"

　　"是的，我逃课，答非所问，不做作业，把笔记本丢掉，每天闹事。我觉得这样做真有意思。总之，那时候我让老师伤透了脑筋。什么拉丁语，什么成绩全都抛到了脑后。你也知道，我的感觉是非常纤细的，一追求起什么来，在那段时间里，这世界上的别的什么就全都进不到我眼里。体操、鳝鱼、植物学都是如此。那个时候，对女孩的专注也不例外。直到尝到苦头，弄得世人皆知，我才会罢休，否则，其他的重要事情我是一点儿也不会在意的。前一天傍晚还偷看女孩洗澡，在心里朝思暮想这件事，然后又要装出学生的样子坐在椅子上，练习动词变化，这简直是开玩笑——不，还有呢。

老师们大概也注意到了我的变化，大体上他们是呵护我的，所以尽可能地宽容我，认为我的做法不值得大惊小怪。但是，我和法兰翠丝的弟弟交上了朋友。他读国民学校高年级，是个坏家伙。从他那里我什么坏事都学到了，就是没有学到一件好事。我吃尽了苦头，半年后，我终于达到了目的。父亲把我揍得半死，我被赶出了拉丁语学校，和法兰翠丝的弟弟同坐在国民学校的教室里。"

"她呢？那个女孩呢？"玛霍尔德问道。

"说起来真是凄惨。她并没有成为我的情人。我常常跟她的弟弟一起回家，她待我更加严酷，仿佛我变得比以前更下贱了。进入国民学校两个月后，我有了常常在半夜偷偷溜出去的习惯，也因此，我第一次知道了真相。一天晚上很晚的时候，我在利达森林游荡，就像我以前常常做的那样，我靠近情人们坐的长椅边去听他们谈情说爱。最后我悄悄凑近的一对，却是法兰翠丝和一个机械工。两个人都没有注意到我。男的把手勾在她的脖子上，一只手夹着雪茄。她的衬衫敞开，总之，叫人恶心。这样一来，一切都完了。"

玛霍尔德拍拍朋友的肩膀。

"不，这对你来说，也许是再好不过了。"

克努尔普猛烈地摇摇头。

"不，一点也不好。即使到了今天，我还是认为如果当时我是错的，我也不觉得后悔。不要批评法兰翠丝，我不要别人说她什么。如果那些事情都顺利的话，也许我会有美好的恋爱和幸福的体验，也许我会和父亲以及国民学校都处得很好。因为——怎么说好呢——那以后，我也结交了不少朋友、熟人、同伴和情人——只是，我再也不相信人类的语言、不相信语言的保证，再也没有做过第二次了。我过着最适合自己的生活，不缺自由和美，但始终是一个人。"

他拿起酒杯，仔细地把最后几滴喝干，站了起来。

"如果可以的话，我想躺一下。那些话我不想再提第二遍了。你一定还有事情吧？"

医生点了点头。

"让我再说一句话。今天我打算替你写一封信向医院要一张病床。也许你不乐意，不过这是无可奈何的。要是不早一点接受治疗，你会完蛋的。"

"咦，你说什么？"克努尔普显出罕有的激动，叫道，"那么，让我完蛋不就好了吗！一切都已经太晚了。这你自己不是也知道吗？到了现在，我为什么非被关起来不可呢？"

"不要这么说，克努尔普，请你理智点！要是让你继续这样放浪下去，我这个医生就不知道是怎么当的了。一定可以在奥帕休顿给你弄到一张床的。我替你写一封信。一星期后我会亲自去看你，一定的。"

流浪者深躺在椅子里，一副泫然泪下的模样。仿佛冻得发抖的人一般，瘦削的双手摩擦着，随后恳求似的，宛如孩子一般地，凝视医生的眼睛。

"这么说，"他的声音整个细弱了下来，"我错了。你为我费尽心思，甚至让我喝了红葡萄酒——对我简直太好了，太周到了。你不要生气。我还有一个非常大的恳求。"

"不可以无理取闹！没有人会掐你的脖子的。什么恳求？"

"你没有生气吧？"

"一点也没有生气。为什么要生气呢？"

"那么就拜托你了，玛霍尔德。请帮我一个大忙，不要叫我到奥帕休顿去！如果非入院不可的话，那就到葛尔巴斯亚。那里有我认识的人，也是我的故乡。接受治疗，那里也许比较方便些。因为我是在那里出生的，而且——"

他诚挚地恳求着，激动得几乎说不下去了。

他在发烧，玛霍尔德心想，随后平静地说了起来："你的恳求只是这个的话——那太容易了。这样做确实更好，我给葛尔巴斯亚写信。去躺下来吧，你累了，话说得太多了。"

玛霍尔德目送克努尔普脚步蹒跚地走进房子里的背影，

不由得想起克努尔普教他钓过鳟鱼的那个夏天，想起克努尔普自由自在地斥责朋友的蛮横作风，以及那个气质高雅的十二岁少年的热情。"可怜的家伙。"他心里想着，难过得心乱如麻。然后急急地站起来，做他的事。第二天，晨雾弥漫，克努尔普一整天都躺在床上。医生摆了几本书在旁边，但他几乎碰都没碰。他提不起劲，无情无绪。躺在舒适的床上接受照顾，享受柔软的餐点，他更加清楚地感觉到自己的死期不远了。

一想到自己再这样躺一段时间就要永远爬不起来了，他就觉得非常不愉快。死活已经无关紧要。这几年以来，道路也已经完全丧失了魅力，但是，他想再一次去看一眼葛尔巴斯亚。他要在心中悄悄地和那河川、小桥、父亲的昔日庭园以及法兰翠丝告别，在那之前，他不想死。他已经完全忘了后来的情人了。长久以来的放浪岁月现在看来仿佛已经无足轻重。相反的，充满神秘的少年时代，则增添了新的光辉与魅力。

他仔细地观察朴素的客房。已经有好长一段时间他没有睡过这么讲究的房间了。他细心地看，用手指抚摸、研究亚麻布床单、素色的柔软毛毯和高级枕罩。坚硬的木头地板和挂在墙上的相片都令他很感兴趣。镶嵌在玻璃相框里的相片是威尼斯总督官邸。

之后他又躺了很久。眼睛虽然睁开，但并不是在看什么，只是在想自己受到束缚的疲倦肉体之内在悄悄进行的病情。突然他飞跃而起，上身探向床外，急匆匆地用手指把长靴拉过来，像个内行人那般地审视了起来。长靴已经老旧，现在是十月，似乎还可以穿到下一场雪为止。但是再久就不行了。脑海里浮现出向玛霍尔德借一双旧鞋的念头。不，不行。这只会使玛霍尔德疑惑加深，住院是不需要鞋子的。他仔细地抚摸皮面磨损的地方，好好上油修补一下的话，至少还可以维持一个月。根本不必去担那个心，也许这双旧鞋会比他活得长久，当他已经从道路上消失之后，这双鞋可能还会有用处。

他放下长靴，想做个深呼吸，但胸部疼痛，咳嗽了起来。头脑昏昏，他蒙蒙眬眬地睡去。一个钟头后醒了过来，觉得仿佛睡了一整天般，心情舒畅而平静。他想起了玛霍尔德，要是离开的话，应该留下什么以表示感谢的心意才是。他想写下一首诗，因为昨天医生问起了他所作的诗。但是他无法完整地想起任何一首诗，每一首诗他都不满意。透过窗户，可以看到笼罩着一层雾的森林。他用昨天在房子里找到的一截铅笔，在枕边小桌抽屉里的干净白纸上写下了几行诗。

花朵都

注定要凋零，

人也

注定要死亡，

沉入坟墓里去。

人和花朵

到了春天，

都会苏醒过来。

病痛的身体也

全都获得赦免。

　　他停下笔，读着所写的文字。这不是一首真正的诗，并没有押韵。不过，他想说的都写在里头了。他用嘴唇润湿铅笔，在诗的下方，写下"给玛霍尔德医生。衷心感激的友人K敬赠"几个字。

　　随后他把纸片放进小小的抽屉里去。

　　第二天，雾更浓了，空气冷彻心骨，要到中午时分太阳才会出来。经过克努尔普一再恳求，医生才允许他起床，并说已经在葛尔巴斯亚的医院里安排好了床，只等他过去。

　　"那么，午餐后立刻就走过去，"克努尔普说道，"大概需四个钟头，或者五个钟头。"

"开玩笑！"玛霍尔德笑着大声说道，"现在你哪里还能徒步旅行。要是没有别的车程，就坐我的马车一起去。先去问村长看看，村长大概会载水果或马铃薯到城里去的。急也不急这一两天。"

客人随主人安排去。知道明天村长的仆人要送两头小牛到葛尔巴斯亚去，克努尔普决定搭他的便车去。

"不要更暖和些的上衣吗？"玛霍尔德说道，"我的你穿得下吗？会不会太大呢？"

克努尔普没有反对，让医生拿来了上衣。一试穿，非常合身。上衣质料非常好，一点也没有磨损。克努尔普向来具有孩童般的虚荣心，于是立刻动手换掉衣服的纽扣。医生觉得很有趣，随他去，另外还给了他一个衣领。

下午克努尔普悄悄换上了新衣服，依旧风采照人，只是最近一直没有刮胡子，他觉得有些不搭配，但他又不想向女管家借医生的刮胡刀用。他认识村子里的打铁匠，打算去那里借借看。

打铁匠的店铺立刻就找到了。克努尔普一进入店里，就用传统的工匠口吻说了起来："我是异乡的打铁匠，不能让我做一点儿工作吗？"

师傅冷淡地盯着对方的脸看。

"你根本不是打铁匠，"他冷静地说，"想行骗就到别的地方去。"

"不错，"流浪汉笑了，"眼光还是那么锐敏，师傅。不过，你把我给忘了。你想想看，我就是以前演奏过音乐的那个人。你不是常常在星期六晚上，在海塔巴赫和着我的手风琴跳舞吗？"

打铁匠皱起眉毛，又磨了两三下锉刀，然后把克努尔普带到明亮的地方去，凝眸注视他。

"嗯，我想起来了，"他笑了一下，"你是克努尔普。好久没见了，你也老了。你来布拉哈干吗？请你喝一杯十块钱的苹果酒是不成问题的。"

"你太客气了，师傅，我就接受你的请客吧。不过，要拜托你一件事，能不能把刮胡刀借我用十五分钟左右呢？今晚想去参加一场舞会。"

师傅用食指指着他。

"还是那么爱说谎。我看你不是要去跳舞，你脸上那样写着。"

克努尔普高兴得扑哧一笑。

"什么也逃不过你的眼睛！你没有去当官员真是太可惜

了。老实说，我明天得住院了。那个玛霍尔德要送我进去。正如你所知道的，我不想像一只毛茸茸的大熊般进医院。刮胡刀借我吧，半个钟头就还你。"

"是吗？那你要拿到哪里去呢？"

"医生那里，我住在那里。可以借我吗？"

打铁匠看来还不太相信，依然怀疑着。

"借当然会借的，只是那不是普通的刮胡刀，是真正的佐林坎中凹刀刃。我还想再用呢！"

"相信我吧！"

"好，我明白了。不过，你穿的可是一件好上衣。刮胡子的时候并不需要穿上衣，凡事好商量，你把上衣脱下来放在这里，送刮胡刀回来时，上衣就还你。"

流浪汉皱了一下脸。

"好的。你也并不特别豪爽，不过，算了，就照你说的去做。"

打铁匠拿来了刮胡刀。克努尔普脱下上衣做抵押，但他不能忍受让沾满煤灰的打铁匠去碰上衣。半个钟头后，他回来了，交还佐林坎的刮胡刀。毛茸茸的下巴胡须已经不见了，仿佛变了一个人。

"如果你耳朵后边再夹一枝石竹花，就可以去迎新娘了。"

打铁匠佩服极了，说道。

但是，克努尔普再也没有心情说笑了，他把上衣穿好，只简单地道了谢就走了。

回到家，在门口碰上了医生。医生吃惊地拉住他，"你到哪儿晃荡去了？咦，简直判若两人——哦，胡子没了。真像个小孩子！"

他并不在意。那天晚上克努尔普也喝了红葡萄酒。两个老同学为离别而干杯，彼此都尽可能愉快起来，不去想心烦的事。

第二天清晨村长的仆人驾着马车来了。圈栏里有两头小牛，哆嗦着四条腿，晶亮的眼睛一直注视着清冷的早晨。放牧草地上第一次降下了霜。克努尔普和仆人并坐在驾驶座上，膝上覆着毛毯。医生同他握了手，给仆人半马克。马车咔啦咔啦动了起来，往森林方向跑去。仆人点起了烟斗，克努尔普眨着瞌睡的双眼，望着早晨淡青色的冷空气。

太阳出来以后，到了中午就变暖和了。坐在驾驶座上的两个人谈得很起劲。到达葛尔巴斯亚，仆人说要载着小牛绕道把克努尔普送到医院。克努尔普立刻婉拒，不让他那么做，在城镇的入口处两人和气地分手。克努尔普停住脚步，目送马车在家畜市场的枫树后面消失。

他微笑着，走进只有当地人才知道的树篱小径，那是夹在庭院之间的道路。他再度获得了自由。就让医院的人去等吧。

归乡的男人再一次享受了故乡的光影和气息、声响与香味，尽情地把自己沉浸在故乡的时光中。家畜市场里的农民和商人的喧嚷，褐色的栗树下饱吸阳光的阴影，绕着城壁飞舞的晚秋黑蝴蝶，广场上喷泉向四方飞溅的潺潺水声，从酒桶匠地下室的拱形入口处飘来的葡萄酒香和敲打木头的响声，以及熟悉的小街名称都充满了令人伤感的挥之不去的思绪——这个失去故乡的流浪者，舒展开他的五官，去吸吮、体会身处故乡的感受，他所熟悉的事物，他所记得的事物。小镇的每一个角落、每一片栏石都是他的朋友，充满了难以言喻的魅力。整个下午他不知疲倦地四处游逛，走遍每一条小街，在河边倾听磨刀匠的磨刀声，越过窗户注视车床匠，读着熟悉的人家重新粉刷过的古老门牌。他在广场喷泉的石水槽里洗了手，在下方修道院院长家的小喷泉里解了渴。尽管岁月流逝，那喷泉依然神秘如往昔，在非常古老的家屋中，沿着石板的缝隙汩汩流出，房子里的阴暗光线更增添了几许不可思议的魅力。他在河边久久伫立着，倚在伸向水面的栏杆上。水中黑黝黝的水草宛如长发般摇曳，乌黑细长的鱼脊停在晃动的小石子上动也不动。他走上古老的木板桥，在正中央屈膝弯腰蹲下，像少年时代一样，他要感受小桥有如微妙的生物一般所具有的反弹力。

他继续不疾不徐地走着，没有忘记任何地方。他还记得小小草坪上的教堂的菩提树，以及河流上游从前他常常喜欢去游泳的水车堤堰。他在以前父亲住过的小房子前站住，恋恋不舍地把背倚在古老的门口一会儿，而且也去了庭院里。他越过新拉的冰冷铁丝围篱，往新近栽植的庭树望去——被雨水蚀圆的石阶，以及门边又圆又粗的樟树依然如昔。克努尔普在被赶出拉丁语学校之前，他曾在这里度过最美好的时光。在这里，他有过完美的幸福，也曾毫无遗憾地实现过他的愿望，享受过不带一丝苦味的快乐。夏天，他曾尽情偷偷采食樱桃，这里有过可爱的桂竹香、开朗的牵牛花、浓郁如天鹅绒般的紫罗兰。自己亲手去培育，热爱花朵的短暂的幸福，现在已经消失了。这里也曾经有过小小的兔窝、工作场，他在这里做过风筝，用接骨木的芯做过水管，把水车的木划连接在卷轴上——他知道哪一只猫会睡在哪一家的屋顶上。他尝过每一户人家庭院里的果实，也爬过这里的每一棵树，他在每一棵树的树梢都编织过绿色的梦。这里的世界是属于他的，他深深爱过这里。这里的每一丛灌木，庭院里的每一株树篱，对他都具有重大的历史意义。这里所下的雨，所降的雪都在向他细诉。这里的大气和土壤都活在他的梦想和愿望中，并且回应他的梦想和愿望，同他的生命一起呼吸着。他认为就是到了现在，住在这附近拥有庭院的人，大概还没有谁能比他更珍惜这里，更能和这里的一切谈话，回想这里的一切，也更能从记忆中唤起这一切，和这里有着比他更密切的关系。

　　附近的屋顶和屋顶之间，一户摇摇欲坠的人家的灰色山墙，高而尖锐地突起着。那是鞣皮匠哈吉斯从前住的地方。就在那里，克努尔普结束了孩童的游戏和少年的喜悦，跟少女们最初拥有的秘密和调情，也是在那里告终的。晚上，他常常从那里怀着爱的喜悦沿着小路走回家。也是在那里，他为鞣皮匠的女儿解开发辫，为美丽的法兰翠丝的吻而陶醉。他打算晚上或明天到那里去看一下。只是这些回想现在几乎牵动不了他的心。为了回想起更古老的少年时代，就是把这些全都舍弃他也在所不惜。他伫立在庭院的围篱旁，远眺了一个钟头以上。他看到的不是只剩下草莓的嫩丛，眼前一片秋的萧瑟的陌生庭园，他看到的是父亲的庭园。小小的花坛中有他孩童时代所植的花朵，有在复活节的星期天植下的樱草和玻璃般的凤仙花，以及小石子堆起来的小山。他好几次将抓到的蜥蜴放在小山上，不幸的是没有一只蜥蜴住在那里成为他的家畜，但每放一只蜥蜴下去，他还是每次都充满新的期待和希望。现在就是将世界上所有的房子、庭院、花朵、蜥蜴都送给他，这些和当时在他那小小的庭院里绽放的一株甜美的夏日花朵比起来，也会变得微不足道的，还有那个时候的红醋栗的茂丛！每一棵都清晰地留在他的记忆里。但现在都已经不在了，那些树并非不朽的。有人把那些树锯倒、掘起，丢进火里。树干、树根、凋零的叶全都烧成了灰。没有一个人为此而悲叹。

是的，他常常在这里和玛霍尔德共处。现在他是一个医生，一个绅士驾着单马车在病患之间飞来奔去。他善良、正直一如往昔。但是这样的他，这样一个头脑聪明、体格结实的男人，和那时候信仰深厚、害羞、容易激动、多愁善感的少年比起来，现在的玛霍尔德该怎么说好呢？从前在这里，克努尔普曾经教玛霍尔德如何做捕蝇笼，如何用木片做关蚱蜢的塔。他是玛霍尔德的老师，一个更值得钦佩的聪明朋友。

隔壁的接骨木已经干枯，长满了古老的苔藓。另一户人家庭院里的木头小屋也已倒塌。以后即使在那里搭建起什么，一切也绝对不能如昔日般的美丽、幸福了。

天色开始阴冷了起来，克努尔普离开杂草覆盖的庭院小径。那座改变小镇风貌的教会的新塔，一口新钟高高地向这边鸣响了过来。

他穿过鞣皮场的大门钻进庭院里。一天的工作已经结束，谁也不在那里。他悄无声息地踩着鞣皮场柔软的泥土，从洞穴旁边走过。洞穴里有皮革泡在汁水里。一直走到低矮的墙边，可以看到小河从布满苔藓的绿色石头边缘流过。那里正是黄昏时分，他赤着脚伸进水里，同法兰翠丝并肩而坐的地方。

如果她没有让自己空等一场，一切将会改观吧？克努尔普心想。他荒废了拉丁语学校的学业，那也是需要相当的力量和意志的。多么单纯、清晰的生活啊！那个时候他整个地自暴自弃，什么也听不进去。世间也配合他的情绪，对他没有任何要求。他站在世间之外，变成流浪者，变成旁观者。年轻时虽然风光，但上了年纪则一身病痛，孤独无依。

极度的疲乏向他袭来，他在矮墙上坐了下来。河水潺潺，流进他那千头万绪的思维里。这时候，头上的一扇窗户亮了起来。这提醒他时间已经不早了，不能让人发现自己在这里。他寂静无声地从鞣皮场的大门偷偷溜出，扣好上衣纽扣，考虑今晚要睡哪里。他身上有钱，是医生给他的。他想到了便宜的旅馆。"天使"或"天鹅"旅馆都可以去，去那里会遇上熟人或朋友。但现在这都已经无足轻重了。

小城改变了许多。要是在以前，任何细微的事情都会引起他的兴趣，但现在他只想看，只想知道以前的事物。他稍微问了一下，知道法兰翠丝已经不在人世，一切都变得兴味索然。他认为自己只是为了她才来到这里的。在这里的小巷和庭院之间徘徊、游逛，让认识自己的人满怀同情大声地同自己搭话和开玩笑是毫无意义的。偶然和镇上的医生在狭窄的邮局小巷相遇，他突然想到，也许那里的医院已经发现自己不在，而正在分头追寻自己呢。他立刻到面包店买了两个上好面包，塞在上衣口袋里，爬上陡峭的山路离开小镇。

在高地上，森林的边缘，道路最后大大地转弯的地方，他看到一个满身尘土的男人坐在石块上，用长柄锤子把灰蓝色的贝壳石灰石敲成小片。

克努尔普站住了，凝视他，同他打招呼。

"你好。"那个人说道，依然头也不抬地继续敲着。

"好天气也许维持不了多久了。"克努尔普试着引起他的注意。

"也许吧，"敲石工喃喃说道，稍微抬起了头，似乎给大马路上的亮丽阳光刺得睁不开眼睛，"上哪儿去呢？"

"到罗马，去晋见法皇，"克努尔普说道，"还远吧？"

"今天是怎么也到不了的。像你这样东逛西晃，妨碍别人工作，就是花上一年的时间也是去不成的。"

"是吧。幸好一点儿也不急。你可真勤快，安德雷·夏普莱先生。"

敲石工一只手遮在眉毛上方，目不转睛地盯着这个旅人看。

"这么说，你是认识我了，"他小心地说，"我也好像认识你，只是名字怎么也想不起来了。"

"去问那个卖螃蟹的老头子就知道了，问他我们在上个世纪90年代的时候常常在哪里坐。只是那个老头子恐怕已经不在了。"

"早就已经死了。不过我现在想起来了，我的老朋友。你是克努尔普。坐过来一些吧，真是太难得了。"

克努尔普坐了下来。一下子爬那么陡的坡，气都快喘不过来了。现在他第一次欣赏到点缀在山谷间的小镇是多么的美。蓝色的河水波光粼粼，红棕色的屋顶如波浪般连绵不绝，夹杂其间的是绿树的小岛。

"山上真好。"他喘着气说。

"是的，简直无可挑剔。不过，你呢？以前你这样一口气爬上山，不是脸不红、气不喘的吗？你喘得真厉害，克努尔普。又回来看故乡吗？"

"是呀，夏普莱，这大概是最后一次了。"

"怎么说呢？"

"肺整个坏了。没有什么好办法吗？"

"要是你一直留在故乡，勤快工作，娶个老婆，每晚定时上床，大概你就不会变成这样了。不过，这只是我顺口说说罢了，我是了解你的，现在再说什么也没有用。那么糟糕吗？"

"不太清楚。不，已经知道了。就像下山一样，一天比一天恶化得快些。我孤家寡人一个，没有别的重大负担，也真是不错。"

"怎么想都是你的自由。不过，真叫人同情。"

"不必同情，人反正都要死一次的，就是敲石工也照样会死。是吧，老朋友？现在我们这样坐在这里，谁也不能说大话的。"

"以前你不是说要到铁路部门去吗？"

"这都是老生常谈了。"

"那你的孩子都好吗？"

"我不知道。雅各布现在已经能赚钱了。"

"真的呀，太好了。啊，时间过得好快，我该走了。"

"我们这么久没见面了，你别着急走。说真的，克努尔普，我想帮助你，可是我身上只有几个马克。"

"别这样，老朋友，你留着自己花吧，谢谢你。"

克努尔普还想说什么，但是心脏一阵不舒服，所以没有再继续说下去。见状，夏普莱从酒瓶里倒了一杯酒给他。端着酒杯，克努尔普和碎石工一起俯视着下面的城镇，阳光下的河水闪着粼粼的波光，一群白鹅缓缓地游着。石桥堤坝下，货车正徐徐地驶过。

"我休息够了，真的该走了。"克努尔普放下酒杯。

碎石工人看着克努尔普，摇了摇头。

"克努尔普，你不应该沦为可怜的流浪汉，你本应拥有更好的身份，"他缓慢地说着，"你比别人有才华，可是你并没有发挥出来。我不是信徒，可是《圣经》我却是相信的，所以你必须思考你到时候该如何向主解释这一切。我说这些话，你可不要生气啊。"

克努尔普笑了笑，拍拍老友的胳膊，站了起来："夏普莱，我们的上帝也许根本就不会问这样的琐事，他也许会说：你这孩子总算来了，然后为了在天堂找一个最轻松的工作。"

夏普莱不置可否地耸了耸肩："跟你聊天，就不能太正经。"

夏普莱从裤兜里摸出几个马克，递给克努尔普，一副你不收下我就不让你走的模样。克努尔普无可奈何地笑笑，最终还是接过马克装进兜里。

克努尔普回头看了一眼山下的老家，同夏普莱摆了摆手，坚定地转过头去，却克制不住地开始咳嗽起来。

他加快脚步，随即在上面森林的转弯处消失了踪影。

过了两个星期，冷冷的雾一连笼罩了好几天，森林里只点缀着晚开的吊钟花和冰冷的熟树莓。在阳光普照几天之后，冬天突然来临了。严寒的冷霜降后第三天，天气变得柔软，下起了又重又急的雪来。

在那段时间，克努尔普四处踱步。不断地在故乡四周漫无目的地徘徊，有两次在很近的地方，他藏身在森林中看到过敲石匠夏普莱，但只是观看而已，并没有出声叫他。要想的事情实在太多了。继续心力交瘁地走在这条长远无益的道路上，他仿佛被顽强的荆棘藤蔓缠卷进去一般，在错误的一生的纷乱中愈陷愈深，他找不出任何意义和一丝安慰。病情更加恶化。有一天，他差点就想抛弃目前的一切，到葛尔巴斯亚去敲开医院的大门。但是独处了几天之后，再度去看横亘在下方的市镇，他觉得一切都变得那么陌生，对他充满了敌意。他非常清楚自己已经不属于那里了。有时候他也到村子里去买一片面包。榛树果实唾手可得。晚上他就在锯木工的小木屋或田里的干草堆过夜。

现在他冒着大雪，从巴尔福斯往谷间的水车小屋走去。不顾体力衰弱，精疲力竭，他依然继续走下去。他要充分利用所剩不多的生命，走遍森林边缘和林中小径。虽然病情严重，疲倦万分，但他的眼睛和鼻子并没有丧失昔日的敏锐。已经失去任何目标的他，有如一只机灵的猎狗，用眼睛和鼻子去追踪地面的凹洼、微风的轻拂、动物的足迹，一切都没有忽略。这并不是出于他的意志，只是他的脚自己在走动而已。

好几天以来他一直是这样度过的，但现在他在心中，他站在神的面前，不断地和神谈着话。他一点也不觉得害怕。他知道神不会对人类做出什么举动。神和克努尔普两个人互相谈着，谈他那毫无意义的一生，谈如何才能改变他的生涯，谈为什么他会变成那样，而不会变成别的样子。

"事情发生在那个时候，"克努尔普重复地坚持道，"我十四岁时，法兰翠丝舍我而去。那个时候我应该还能做很多事情的。不过，从那以后我就被毁了，被打垮了。我变得一无是处——啊，这是怎么一回事呢？如果说有什么错误，那就是你没有让我在十四岁时死去！如果死了，我的一生就会像成熟的苹果般完美无瑕了。"

神只是不断地微笑着。他的脸不时在暴风雪中整个隐去。

"喂，克努尔普，"神说教道，"你想想年轻时的情景，想想在奥登华尔的夏天，想想在雷希休特登的时光！那时候你不是像小鹿般地跳了舞吗？不是感受到美丽的生命在体内震动吗？你的歌声，你的口琴不是让女孩们听得泪水盈眶吗？还记得在帕斯比尔的星期天吗？另外还有你的初恋情人嫣丽蒂，难道这些全都等于无吗？"

克努尔普不禁沉思了起来。于是，他那青春时代的快乐，仿佛远山的野火一般，闪耀着美丽的朦胧光辉，有如蜂蜜和葡萄酒般的香醇甜美，就像早春夜里温暖的和风，低声地吹拂过来。啊，那真是太美了。高兴的时候美，悲伤的时候也美。要是缺少了那样的一天，不知会有多可惜呢！

"啊！真的很美，"克努尔普承认神说得不错，但心里却有如疲累已极的孩子，又想哭泣也想反抗，"那时候很美。当然，罪恶和悲伤也已经隐藏其中，但那是一段幸福的岁月是不会有错的。大概很少人能像我那时候那样的干杯，那样的跳舞，那样的庆祝恋爱的夜晚。但是，那个时候，那个时候就该终结了！在那里，幸福已经被刺伤了。我还记得很清楚。从那以后，那样美好的时光就不曾再有过。不，绝对不会有第二次了。"

神在远方的暴风雪中消逝。克努尔普略略停住了脚步，喘息着，在雪地上吐下斑斑的血迹。这时候，神又突然出现在眼前，回答他的问话：

"克努尔普，你这不是一点也不知感恩图报吗？你这样健忘，简直太可笑了。我们回想起你是舞场之王时代的情景，回想起你的嫣丽蒂。你承认那是一段幸福、美好、快乐、有意义的时光。你那样想起嫣丽蒂，那么，你又该如何处置丽莎蓓呢？难道你把那个孩子都忘记了吗？"

过去的一段时光，宛如连绵的远山般，又出现在克努尔普眼前。不像刚才那样充满放纵和愉悦，而是有如微笑流泪的女人一般，绽放出悄然寂静的光辉。于是，长久以来不曾想起过的岁月，又从坟墓中苏醒过来，丽莎蓓美丽的眼睛满怀悲伤，抱着一个小男孩站在正中央。

"我是个多么可恶的家伙！"他又开始叹息了，"真的，丽莎蓓死了之后，本来我是不该再活下来的。"

但是，神并不允许他再说下去。明亮的眼睛仿佛要看穿克努尔普似的凝视他，继续刚才的话语："听着，克努尔普！你让丽莎蓓伤心欲绝，那没有错。但正如你所知道的，那孩子从你这里所得到的温柔和美好，远比你给她的酷行要多。

因此，她从来就没有恨过你。你这个孩子般的家伙，现在还不明白这一切有什么意义吗？正因为你要为所到之处带去些许孩童的愚蠢和孩童的笑语，所以你才不得不成为悠闲的流浪汉，这你还不懂吗？你这样做，是为了在所到之处，让每个人都会爱你、嘲弄你、感谢你，这你也还不明白吗？"

"一切正如你所说的，"克努尔普沉默片刻后小声承认道，"不过，那全都是往事。那时候我还年轻！为什么从那么多事情当中我没有学到一点东西呢？那时候我还有时间，竟然没有成为一个正经的人！"

雪停了。克努尔普又稍微休息一会儿，他想把帽子、衣服上厚厚的积雪抖掉，却怎么也办不到。他心神涣散，精疲力竭。现在神就站在他的正前方，明亮的眼睛睁得大大的，像太阳般闪耀。

"你该满足了吧！"神说教道，"叹息又有何用？你真的还不明白凡事都在正确、良好地进行，并没有变成别的样子吗？难道到了现在，你还真的想成为绅士或手艺师傅，有个老婆，在傍晚可以读读周刊杂志吗？即使真的变成那样，难道你不会立即逃开，到森林中去睡在狐狸身边，去结网捕鸟，去抓一只蜥蜴来驯服驯服吗？"

克努尔普又走了起来。他疲倦之极，脚步踉跄，但他一点也没有疲乏感，只觉得精神舒畅，对神所说的一切全都感激地点头赞同。

"你知道，"神说道，"我要的只是原来的你。你用我的名去漂泊，把一些对自由的向往和情绪带给那些定居的人。你用我的名去做愚蠢的事情，让人们嘲笑。我自己也就在你的内部被嘲笑，被喜爱。真的，你是我的孩子，我的兄弟，我的一部分。你的体验就是我的体验，你所尝受的痛苦也是我尝受的。"

"是的，"克努尔普说道，重重地点头，"是的，一切正如你所说的，我也时时这样想着。"

他躺在雪地中休歇。疲倦的手脚变得轻飘飘的，赤红的双眼也在微笑着。

他闭上眼睛想睡一会儿，但他依然听得到神在说话，依然看得到神那双明亮的眼睛。

"那么，再也没有什么可悲叹的了？"神的声音问道。

"再也没有了。"克努尔普点点头，害羞地笑了。

"那么，一切都没问题了，一切都是按照该走的路进行的了？"

"是的，"他点头道，"一切都是按照该走的路进行的。"

神的声音愈来愈轻微，有的时候听起来像母亲的声音，有的时候听起来像嫣丽蒂的声音，有的时候又像丽莎蓓温柔、沉稳的声音那样响着。

克努尔普再一次睁开眼睛时，太阳亮晃晃的，非常刺眼，他不得不急忙垂下眼皮。他感觉到双手上积雪的重量，想要抖掉，可是睡意比他心中的任何意志都要来得强烈。

东方之旅

一

　　我命中注定要拥有一段伟大的经历。因为有幸隶属于盟会，我才获准参加一次独特的旅行。这在当时是多么奇妙！它显得多么辉煌，却如同彗星一般，那么快就被人遗忘，任其名誉扫地。因此，我决心把这一次奇异的旅行，设法做个简短的叙述；像这样的旅行，自从雨果和罗曼·罗兰的时代以来，就没有人尝试过。我们的时代是了不起的时代，自世界大战以降的这段时间，动荡且混乱，然而却富裕。对于我的尝试将要遭受的那些困难，我不认为我存有任何幻想。这些困难是很艰巨的，而且不仅仅是属于主观的性质——虽然光是这些就够受的了。因为我不但不再拥有跟这次旅行有关的那些物证、纪念品、文件和日记，而且自从那时起，在那些满是灾祸、疾病和悲痛的、已经逝去的困难岁月中，我的一大部分回忆也消失了。由于命运的打击和不断的气馁，我的记忆力跟我对于这些早期鲜明回忆的信心，都受到了损伤。但是除了这些纯粹的个人特征之外，由于我以前对于盟会的誓言，我也受到了阻碍，因为虽然这项誓言准许我把个人的经验，无拘无束地加以传述，它却禁止揭露有关盟会本身的任何事情。尽管盟会似乎长久不见存在，同时我也没有再看到任何盟友，然而世界上的任何威胁利诱也无法勾引我去毁誓。相反地，假定今天或明天，我必须接受军法审判，而在死亡和揭露盟会秘密之间作一抉择，我会欣然地以死亡来保证我对盟会的誓言。

在这里不妨提一下，自从凯泽林伯爵的旅行日记问世以后，又出现了几本书，而那些书的作者，一半是不知不觉地，但一半也是有意地，造成一种印象，使人觉得他们是盟会的弟兄，而且参加过东方之旅。附带提一下，连奥森道斯基的冒险旅行的记述，都可正正当当地加以同样的怀疑。但是他们都跟盟会和我们的"东方之旅"毫无关系。不管怎样，他们的关系不会深于一小派伪装虔诚的牧师和他们为了特别的恩典与会友资格而提到的救主、使徒，以及圣灵的关系。纵使凯泽林伯爵确实优哉游哉地环游过世界，纵使奥森道斯基确实走过他所描写的国土，他们的旅程也不值得注意，而且也没有发现过新的领域，然而在我们的"东方之旅"的若干阶段，虽然现代旅行的一般辅助物，诸如铁路、轮船、电报、汽车、飞机之类，都被扬弃，我们却渗透到英雄的和奇异的事物里。那是在世界大战之后不久，战败国的信仰处于空幻的不寻常状态中的时候。尽管只有少数的障碍实际被克服，而对于未来的精神病学之研究只有些许的进展，大家却愿意相信超现实的事物。我们当时在亚伯特大帝领导之下，横过月洋到法马格斯达的旅行，或者说蝴蝶岛的发现（离齐盘谷12里格），或者是在鲁迪格墓旁的令人感奋的盟会仪式——这些事情和经验只有一次分派给我们这个时代和地域的人们。

我看我已经碰到了我叙述中的最大障碍之一。要是我获准揭露盟会秘密的本质，读者就可能更为了解我们的行动所达到的高峰，及其所属的经验的精神水准。但是一大部分，说不定是样样事情，都将依旧难以置信和不可思议。不过，有一件矛盾的事情必须加以接受，那就是有必要不断地去尝试仿佛是不可能的事情。我同意悉达多——我们这位来自东方的智友，他有一次说："文字不能够把思想表达得很好。每件事情都立刻变得有点儿不同，有点儿歪曲，有点儿愚蠢。然而，对于一个人具有价值和智慧的事物，对于另一个人却似乎是毫无意义，这也令我高兴，并且似乎是理所当然的。"甚至于在几个世纪以前，我们的盟会会友和历史家就认识了，而且勇敢地面对了这项困难。他们中最伟大的一位以不朽的诗句把它表达出来：

> 旅游广远的人常常会看到
>
> 与他从前信之为真理者大相径庭的事物
>
> 当他在家乡谈起这件事
>
> 人们往往一口咬定，说他撒谎
>
> 因为冥顽的人们不会相信
>
> 他们没有看到和清楚地感觉到的东西
>
> 我相信，缺乏经验者
>
> 将不会怎么信赖我的歌谣

由于我们这次一度引起数以千计的人们狂喜入迷的旅行正受到宣扬，所以这种无经验也造成了这样的局面，就是它不但被人遗忘，而且对它的回忆也被真正的忌讳所限制。历史上有的是类似的例子。我常常觉得，整个的世界史只不过是一本图画书，绘出人类最有力而最无意义的欲望——遗忘欲。借着压抑、隐瞒和嘲笑，每一代不都在抹杀前一代认为的最重要的东西吗？我们不是刚刚体验到，所有的国家都在遗忘、否认、歪曲和摒弃一场漫长、恐怖和怪诞的战争吗？而既然它们有了短暂的喘息，同样是这些国家不都在借着令人激昂的战争小说，设法去回忆几年之前，它们自己所引起和忍受的事情吗？同样地，如今不是被人遗忘，就是成为世人笑柄的我们的盟会，对于它的事迹和忧患的再发现的日子，将会来临，而我的摘记应该会有一点儿小贡献。

东方之旅的特征之一是：虽然盟会在这次旅行当中有十分明确、非常崇高的目标（这些目标都属于机密分类，因此不可传达），然而每一名参与者都可以有他自己的私人目标。的确，他必须要有这种目标，因为没有这种私人目标的人都被排斥在外了。我们当中的每一个人，虽然显得享有共同的理想和目标，而且是在一面共同的旗帜下奋斗，但是内心都怀着自己所喜爱的童年梦想，作为内在的精力与安慰的来源。会长在准我加入盟会之前，问到我自己对于这次旅行的目标。我的目标很单纯，但有许多盟友给自己定的目标，虽然令我肃然起敬，我却无法充分了解。举个例子，其中的一位是一名寻宝者，而他除了想赢得他称之为"道"的大宝藏之外，什么也不想。还有一位异想天开，想要捕捉某一种他认为具有魔力而他称之为昆达里尼的蛇。我自己的旅程和生命的目标——这从我童年的末期以来，就使我的梦想多彩多姿——是要一睹美丽的法蒂玛公主，而且——如果可能的话——赢得她的爱。

在我有幸加入盟会的时候——那就是说，紧接着世界大战结束之后——我们的国家充满了救主、先知和门徒，充满了对世界末日的预感或者对第三王国降临所怀的希望。

为战争所破灭，由于剥夺和饥饿而陷于绝望之中，对仿佛是徒劳无功的热血和物资的一切牺牲大大地感到幻灭，我们的人民在那个时候受到了许多幻影的诱惑，但也有许多真正的精神上的进步。那时候有酒神舞的社团和再洗礼派，一件接着一件的事情似乎都指向奇妙和纱罩以外的东西。在那个时候也有一种流传很广的倾向，倾向于印度、古波斯以及其他东方的神秘和崇拜仪式，而这一切给予大部分人的印象是：我们的古老盟会是许多新兴的时尚之一，所以几年之后，它也会部分地被人遗忘、鄙视和谴责。对于这一点，它的忠实信徒都无法争辩。

我清清楚楚地记得，在我的试验年期满之后，我出现在宝座前面的那个时刻。我获悉东方之旅的计划，而在我全心全意地献身于这项计划之后，他们客气地问我：我个人希望从这次进到传说领域的旅行中得到什么？虽然有点儿赧颜，我却坦率而毫不犹豫地向集会的执事们承认，说我衷心希望获准见到法蒂玛公主。主席一边解说这个典故，一边轻轻地把他的手放在我的头上，说出准我成为盟会会员的套语。"虔诚的灵魂。"他说，并嘱咐我在信心上要有恒，在危险中要勇敢，而且要爱护我的盟友。在我的试验年当中受到了很好的教导后，我就宣了誓，弃绝了尘世和尘世的种种迷信，并在我们盟会历史上最美丽的几章之一的词句中，让人家替我戴上盟会的戒指。

> 在地上和空中，在水里和火中
>
> 精灵们都屈服于他
>
> 他的目光使最狂野的兽类惊骇而驯服
>
> 连反基督者都必须敬畏地接近他……

使我大为高兴的是，在获准加入盟会的当儿，我们这些新会员就得到了有关我们的前途的见识。譬如说，在遵照那些官员的指示，加入了遍布全国，正首途参与盟会远征的那些10人小组之一的时候，我就清清楚楚地看到了盟会的秘密之一。我发觉我参加了到东方的朝圣，表面上仿佛是一次明确而单纯的朝圣，但事实上，以它最广泛的意义来说，这次到东方的远征，不仅是属于我的和现在的；这个由信徒和门徒所构成的行列，一直都在不断地走向东方，走向光明之乡。许多世纪以来，这个行列都在走动，朝着光明和奇迹，而每一分子、每一个小组，甚至于连我们全伙及其伟大的朝圣，都只不过是人类，以及朝向东方、朝向家乡的人类精神的永恒奋斗中，川流不息的一波而已。这项知识像一线光明似的穿过我的心上，立刻让我想起了一句话。这句话是我在见习的那一年当中所学到的，虽然未能够理解它的充分意义，它却总是使我大大地感到喜悦。那是诗人诺瓦利斯的一句话："我们到底走向何处？总是家乡！"

同时，我们这一组出发旅行去了。不久，我们遇到了其他的小组，而团结的感觉和共同的目标，给我们带来了与日俱增的幸福。我们忠于给我们的指示，像朝圣者一般生活，并不利用那些存在于受到金钱、数字和时间所迷惑的世界里，使生命失尽内涵的设计。机械的设计，诸如铁路、手表之类，主要都归到这个类别。另一项一致遵守的规则，嘱咐我们去访问与我们盟会的古代历史有关的一切地方和协会，并向它们致敬。我们访问和礼敬一路上所遇到的一切圣地和纪念碑、教堂和奉为神圣的墓石，给小礼拜堂和神坛装饰花卉，以歌曲和冥思来荣耀废墟，以音乐和祷告来纪念死者。不信者的嘲弄和困扰，对于我们来说是家常便饭，但是也往往有许多教士给我们祝福，邀我们做客，也有孩子们热烈地加入我们，学会我们的歌曲，并且噙着眼泪给我们送别。老人常常给我们指出被遗忘的纪念碑，或者为我们叙述有关他所在的地区的传说。年轻人常常陪我们走一段路，想要加入盟会。我们给这些人劝告，把见习的最初仪式和做法告知他们。我们觉察到最初的那些奇迹，一部分是由于亲眼见到，一部分是透过料想不到的叙述和传说。有一天，当我还是个新会员的时候，有人突然提到巨人阿格拉曼在我们领队的帐篷里做客，正在设法说服他们取道非洲，以便解救被摩尔人俘虏的一些盟友。另一次，我们看到了小妖精，那位沥青制造者，那位安慰者，我们就认为我们应该前往蓝壶。不过，我亲眼看到的第一个惊人的现象，是我们在史拜亨村的地区中，一个半毁的旧教堂前祷告和休息时出现的。在这个小教堂唯一没有损坏的墙上画着一幅很大的《圣克利斯多夫图》，而坐在他肩膀上的是小小的童年救主，由于年代久远已半褪色。那些领队——这有时候是他们的惯例——并不单纯地提议我们应该采取的方向，而邀请我们大家发表意见，因为这个小教堂位于三向路标的地方，我们就有了选择。我们当中只有几个人表达了愿望或提出了忠告，但是有一个人指向左边，急切地要求我们采取这条途径。我们大家当时都默不作声，等候领队的决定。那时候，圣克利斯多夫举起握着又长又粗的棍子的那只手臂，指向我们的弟兄想要去的左边。我们大家都默默地注视着，而领队也不作声地转向左边，沿着这条小径走去。我们大家都欣喜万分地跟着走。

我们在斯华比亚走了没多久，就有一种我们没有加以思索的力量变得显著起来。有一段相当长的时间，我们强烈地感受到它的影响力，却不十分明白它究竟是友善的，还是怀有敌意的。那是王冠守护者的力量，他们自古以来一直保存着那个国度的霍亨斯道芬的记忆和遗产。我不知道我们的领队对它是否了解得更多，也不知道关于它是否有什么指示。我只知道我们从他们那里接到了许多劝诫和警告，譬如在上山前往波芬根的途中，我们遇到了一位须发斑白的老武士。他闭着眼睛，摇摇他那灰白的头，而没有留下一点儿痕迹，又消失不见了。我们的领队注意到这个警告；我们折回去，没有往波芬根走。另一方面，在乌拉赫一带发生了这样的事情：王冠守护者的一名使节出现在我们领队的帐篷里，仿佛是从地下跃出来似的，而且用威胁利诱的手段，企图勾引他们把我们的远征，拿去替斯道芬服务，为征服西西里做准备。当那些领队坚决拒绝了这项要求时，他就说他要把一项可怕的诅咒，加在盟会和我们的远征之上。不过我只是报告在我们当中窃窃私语的事情，那些领队自己一个字儿也没提起。然而，似乎可能的是：由于我们跟王冠守护者的不确定关系，才使得我们的盟会，有一段长久的时间，得到了不应得的名声，说它是一个旨在复辟的秘密社团。

有一次，我也有这种经验：看到我的一名同志心怀疑虑。他抛弃了他的誓约，复归于不信。他是我一度非常喜欢的一个年轻小伙子。他加入东方之行的个人理由是，他想看看先知穆罕默德的棺材；据说，经由这口棺材，他可以借着魔法，自由地升到空中。在我们停留了几天的斯华比亚和阿列曼的那些小镇之一，由于土星和月球的阻挠，使我们前进不得，而这个不幸的人——他已经有一段时间显得忧愁和不安——遇到了一位自他求学时代以来，一直念念不忘的从前的老师。这位教师又一次成功地使这个年轻人以不信者的眼光，来看待我们的宗旨。在多次访问这位教师以后，有一回这个可怜人在一种可怕的兴奋状态中，带着一张扭曲的面孔回到我们的营地。他在领队的帐篷外边喧嚷，而当队长走出来的时候，他愤怒地向其吼叫，说他已经受够了这永远不会把我们带到东方去的荒唐旅行，说他受够了由于愚蠢的占星术的顾虑而使旅程间断了几天，说他岂止是对于懒散、对于幼稚的漫游、对于繁文缛节的仪式、对于魔法的重视、对于生命与诗的混合，感到厌倦而已；说他要把戒指扔到领队的脚下，告辞而去，搭可靠的火车返回家乡，回到他有用的工作。那是一个丑恶而可悲的场面。我们满怀惭恧，同时又怜悯这个被误导的人。队长和蔼地聆听他的话，微笑地俯身拾起被丢弃的戒指，而且用一种安详、愉快的声音说话，这个大言不惭的人必定为此感到羞愧。"你已经跟我们说了再见，想要回到铁路，回到常识和有用的工作；你已经跟盟会，跟东方之行说了再见；跟魔法，跟繁文缛节的庆典说了再见；跟诗说了再见。你已经解除了你的誓约。"

"也解除了缄默的誓约吗？"这个半路脱逃者大叫道。

"是的，也解除了缄默的誓约，"队长回答道，"记住，你曾经发誓对不信者保守盟会的秘密。由于我们看到你已经忘掉了这个秘密，所以你将无法把它传给任何人。"

"我忘掉了某件事！我什么也没忘。"这个年轻人叫起来，但是变得迟疑，而当队长转过身去，退到帐篷里的时候，他就突然很快地跑掉了。

我们感到遗憾，但是那些日子充满了这么多的事件，以至不久我就把他忘了。但是过了一些时候，发生了这样的事情：当我们没有人再想到他的时候，我们听到有一些我们经过的村落和小镇的居民谈论这同一个青年。有一个年轻人（他们正确地把他描述一番，还提起他的名字）曾在那里，到处寻找我们。首先，他说他属于我们，说他在旅途中留到后头，迷了路。然后，他开始啜泣，说他曾经对我们不忠而跑掉，但是现在他觉悟到，在盟会之外，他没法子活下去。他希望，而的确也必须，找到我们，以便跪在领队的面前乞求宽恕。我们在这里、那里，到处都听到这个故事。不管我们到哪里，这个可怜虫刚才还在那里。我们问队长，他对这件事情有什么想法，以及结果会怎样。"我不以为他找得到我们。"队长简短地回答说。他果然没有找到我们。我们没有再见到他。

有一次，一名领队让我参加了一次密谈，我鼓起勇气问他，这个叛教的弟兄到底如何了。我说，毕竟他悔悟前非，而且正在寻找我们；我们应该帮助他赎罪。无疑地，在将来，他会成为盟会最忠贞的一员。这位领队说："要是他找到路，回到我们这里，我们应该高兴，但是我们无法协助他。他已经使自己很难再有信心。我担心，就算是我们跟他擦肩而过，他也看不见我们，认不出我们；他已经盲目了。光悔过是无济于事的。恩典并不能以悔恨买到；它根本就不能用买的。类似的事情已经发生在许多旁人身上：伟大和著名的人士，跟这个年轻人一样遭遇到相同的命运。在他们年轻的时候，光明有一度为他们照耀；他们看到了光，追随了这颗星，但是后来，理性和世界的嘲弄来到了；接着怯懦和显然的失败来到了；然后是疲乏与幻灭的来临，因此他们又迷了路，又变得盲目。其中有些人费尽他们的余生来寻找我们，但是没法子找到我们。于是他们就告诉世人说，我们的盟会只不过是一个美丽的传说而已，所以大家不应该受到它的迷惑。另有些人变成了我们的死敌，而且以种种可能的方法，来辱骂和伤害盟会。"

每一次我们在途中遇到另一群盟会的队伍，就举行奇妙的欢宴节日。有时候，我们会形成成千甚至于成万的一营。实际上，这趟远征，参与者并不以怎么密集的纵队，朝着同一个方向，按任何固定的次序前进。相反地，众多的团体同时上路，每一群都追随自己的领队和自己的星宿，每一群都随时准备合并成为更大的单位，并且有一段时间隶属于它，但同样地随时准备再度个别起程。有一些人踽踽独行。有时候，每当某种记号或呼唤引诱我去走自己的路的时候，我也单独地行走。

我记得，我们跟一个经过选择的小组一起旅行和扎营好几天。这一组曾经着手从摩尔人的手中，把一些被俘的盟会弟兄以及伊莎伯拉公主解放出来。据说，他们拥有雨果的号角，而且我的朋友——诗人洛雪尔和艺术家克林梭跟保罗·克利——也在他们当中。他们除了非洲和那位被俘的公主之外，别的什么都不谈，而他们的《圣经》就是堂吉诃德的嘉行录。为了向堂吉诃德表示敬意，他们打算取道西班牙。

　　每当我们遇到了这些团体之一，就参加他们的宴会和祈祷，也邀请他们参加我们的，听听他们的事迹和计划，分手的时候，祝福他们，了解他们，这是非常愉快的事情。他们走他们的路，我们走我们的。他们当中每一个人都有自己的梦想、愿望和内心的秘密欲念，然而他们大家汇在一起，成为一条巨川，彼此相属，共享着相同的虔敬和相同的信念，并且立下了相同的誓约！我遇到了魔术师杰普，他打算在克什米尔收集他一生的财富；我遇到了男巫柯洛芬，从《痴呆冒险记》中引用他心爱的句子；我遇到了恐怖者路易，他梦想在圣地建橄榄林和蓄奴，他跟安瑟伦挽臂而行——安瑟伦是在追寻童年时代的紫鸢尾；我遇到了而且也爱上了妮侬——以"外国人"知名，黑黑的眼睛在她乌黑的秀发下闪耀。她妒忌法蒂玛，那位我梦寐以求的公主，然而可能她就是法蒂玛本人，我却不知情。我们继续走，就好像从前的朝圣者、帝王和十字军往前走，去释放救主的墓地，或者去研究阿拉伯的魔法一般。西班牙的骑士走过这条路，德国的学者、爱尔兰的僧侣跟法国的诗人也都走过。

我的职业其实只不过是一名小提琴手和说书人，却负责为我们的团体提供音乐。那时候我发现，一段长时间专心致力于细节，是多么地叫我们欢欣，并能增强我们的力量。我不但拉小提琴、指挥我们的唱诗班，也收集古老的歌谣和圣曲。我替六声和八声撰写经文歌和重唱歌曲，而且教他们练唱。不过，我不想给你们细述这些。

我的好几位同志和领队我都很喜欢，但是他们当中没有一个人后来像里欧那样地盘踞在我的心头，虽然当时他几乎没受到别人的注意。里欧是我们的仆人（他们当然都是自愿的，就跟我们一样）之一。他协助携带行李，而且常奉派去替队长个人服务。这个毫不矫饰的人，身上具有非常令人喜悦的，可以谦逊地赢取周遭人们欢心的品质。他快活地工作，通常是一边走一边唱歌或吹口哨，除了人家需要就绝对看不到他——实际上，他是一名理想的仆人。再者，所有的动物都依附他。我们差不多总是有这一条狗或那一条狗跟我们在一起，而它们加入我们，是因为里欧的缘故。他曾驯服飞禽，也会把蝴蝶吸引到身边。把他引到东方来的欲望是：他想得到"所罗门之钥"，好让自己懂得鸟类的语言。里欧这个仆人以非常单纯而自然的方式工作，亲切得不摆架子，跟我们盟会形形色色的人在一起。盟会的多元化，无害于本会的价值和真诚，在他们之中有令人欢欣的事情，也有奇特、严肃和怪诞的事情。使得我的叙述特别困难的，是在我的回忆中的这种悬殊。我已经说过，有时候，我们只以小组前进；有时候，我们集结成为一群，甚至于一个大队；但是有时候，我只跟几个朋友留在一个地区，甚或单独一人，没有帐篷，没有领队，也没有队长。我的故事变得更加困难，是因为我们的漫游不但穿过"空间"，而且也穿过"时间"。我们朝东而行，但是我们也旅行到中古时代和黄金时代；我们流浪穿过意大利和瑞士，但偶尔我们也在第10世纪度过一夜，跟那些族长和小神仙住在一起。在我单独留下来的时候，我常常再度找到我自己的过去中的地方和人们。我跟我以前的未婚妻，沿着上莱茵的森林边缘漫步；跟我青春时代的朋友们，在图宾根、巴塞尔和佛罗伦萨喧闹取乐；要不然就是回到孩提时代，跟同学们去捕捉蝴蝶或者观察水獭；再不然我的同伴是由书本中那些亲爱的角色所构成：艾曼索和巴西法，威提柯或歌尔蒙跟我并辔而行——或者是山柯、潘札，或者是我们在巴米基第斯家做客。当我找到了路，回到我们在某一个山谷里的队伍去，听到盟会的歌曲，而且在领队的帐篷边扎营的时候，我立刻明白：我到童年时代的游历，以及我跟山柯的并辔驰骋，本质上都属于这一次的旅行，因为我们的目标不只是东方，或者不如说东方不仅是一块国土和地理上的概念，而且也是灵魂的家乡和青春。它是处处皆在而又处处不在，它是一切时间的联合。不过，我只有片刻时间意识到了这一点，而我当时的极大幸福，原因就在其中。后来，当我又失去这种幸福的时候，我清清楚楚地了解这些关联，却没有从中获得丝毫的益处或慰藉。当某件珍贵而无可挽回的东西失去的时候，我们都有如梦初醒的感觉。就我来说，这种感觉出奇地正确，因为我的幸福，跟梦中的幸福一样，的确是源自相同的秘密；它源于自由自在地去同时体验每一件可以想象的事情，去随意地交换外在与内在，去搬动时空，如同搬动剧院中的布景一般。当我们这些盟会弟兄不用汽车和轮船而走遍全世界，当我们以信心征服了受到战火蹂躏的世界而把它变成乐园的时候，我们富有创意地把过去、未来和虚构的事物，带到目前的这个时刻中来。

一次又一次地，在斯华比亚，在波登湖，在瑞士，在每一个地方，我们都遇到了了解我们的人，或者是以某种方式来感谢我们、我们的盟会和我们的东方之旅的人。在苏黎世的电车道和银行之间，我们偶然见到了诺亚的方舟，由几条老狗护卫着。这些狗都有相同的名字，全由汉斯·C.勇敢地引导，横渡平静时期的浅水，到诺亚的后裔，到艺术之友那里去。我们到了温特瑟，下行进到史各克林的"魔橱"；我们在中国庙做客，在那里，香炉在青铜的马札神像底下闪耀，黑王配着寺庙震动的锣声，吹起优美的笛子。在太阳山的山麓，我们无意中找到了素扬马利——暹罗王的一块属地——在那里，在石雕和铜铸的佛像当中，我们以感恩的客人身份，祭酒上香。

最美妙的经验之一是盟会在布连加登的庆祝会。在那里，魔圈紧紧地环绕着我们。受到堡主麦克斯和提利的接待，在巍然的大厅中，我们聆听奥斯马用大钢琴弹奏莫扎特的音乐。我们发现地上都被鹦鹉和别的会说话的飞禽盘踞着。我们听到小仙子阿米坦在泉水歌唱。在亨利·冯·奥夫特丁根可爱的容颜旁边，占星家龙古斯点着他那头发飞散的笨重的头。在花园里，孔雀叽叽喳喳的，路易跟穿靴子猫用西班牙语交谈，而漠斯·雷森，在窥视了人生的化妆游戏之后，浑身抖颤，立誓要去朝拜查理大帝的陵寝。这是我们旅程中的胜利时期之一，我们把魔波带在身边，它涤净了一切。当地人双膝落地向美丽致敬，堡主赋诗叙述我们的夜间活动。来自森林的动物挨着城墙潜伏，而在河里，闪烁的鱼群活跃地游动，人们用饼和酒来饲喂它们。

这些真正值得叙述的经验当中，最好的是反映出它的精神的那些。我对于这些经验的描写显得不高明，或许还显得愚蠢，但是在布连加登参加过庆祝会的每一个人，都会证实每一项细节，并且拿成百的更为美丽的细节来补充。我将永远记得，那些孔雀的尾巴如何在月华初升的高大林木间闪闪发光，而在有荫的岸上，出水的美人鱼如何在岩石间露出清新和银白的色泽；堂吉诃德如何独自一人，伫立在泉水边的栗树下，第一次守夜，而罗马烟火的最后一片火星如此柔和地在月光中散落到城堡的角楼上；还有我的同事巴布罗，装饰着玫瑰花，向姑娘们吹奏波斯芦笛。唉，我们有谁曾经想到魔圈会这么快就破了！有谁想到几乎我们大家——我也一样，连我在内——竟然又在以地图标出的现实的无声沙漠中，失去了自我，就像公务员和店铺的伙计，在一场宴会或星期日郊游之后，又一次使自己适应每日的业务生活一般！

在那些日子里，我们没有人会想到这种事情。从布连加登城堡的角楼上，丁香花的芳馨透进我的卧房里。我听到河水在树林那边流动。我在深夜爬出窗口，由于幸福和憧憬而陶醉。我偷偷地从守卫的武士和那些酣眠中的宾客身旁经过，走到下面的河岸，到流水边，到那些白皙、闪耀的美人鱼那里。她们把我带下去，进到她们家凉爽而充满月色的水晶世界，在那里，她们从珠宝室中拿出一些王冠和金链子，如梦一般地把玩。我觉得我好像在那亮晶晶的深渊里度过了好几个月，而当我出来，游向岸边，浑身发冷的时候，还可以听到巴布罗的芦笛从远远的花园里传来，月亮也依旧挂在高空。我看见里欧跟两只白色的狮子狗玩耍，他那聪明的、孩子气的脸庞发射出幸福的光辉。我发现龙古斯坐在林子里。他正在膝盖上的一本羊皮纸书上，写着希腊文和希伯来文；一条一条的龙从字母当中飞出来，彩色的蛇也竖起了身子。他没有看我；他继续画画，全神贯注于他的彩色蛇书。有一长段时间，我的眼光越过他那弯下来的肩膀，俯视那本书。我看到龙蛇从他的笔迹中出现，在周围盘旋，而悄悄地消失在黑暗的树林里。"龙古斯，"我轻轻叫他，"亲爱的朋友！"他没有听到我，我的世界离他的太远了。另外一边，在那照耀着月光的树林下，安瑟伦手里拿着一朵鸢尾花在徘徊。沉湎于思想中的他，对着那朵花的紫色花萼瞪眼微笑。

在我们的旅途当中，有一件我看到了好几次却没有充分思考的事情，在布连加登的那些日子里，又奇异而颇为痛苦的使我加深印象。我们当中有许多艺术家、画家、音乐家和诗人。热情的克林梭、焦躁不安的雨果·沃尔夫、沉默寡言的洛雪尔，还有活泼的布连达诺都在场——但是不管这些艺术家的人格多么生气蓬勃，多么可爱，他们想象中的人物却毫无例外地比这些诗人和创造者自己要更加活跃，更加美丽，更加幸福，也的确更加优雅，更加真实。巴布罗拿着笛子坐在那里，浸浴在迷人的天真和欢喜之中，但是他的那颗诗人之心却像影子似的溜到河岸，在月光下显得半透明，去寻求孤独。霍夫曼喝得醉醺醺的，跟跟跄跄地在宾客之间跑来跑去，话说得很多，矮小，有如小精灵一般。而他，跟他们大家一样，也只是一半真实，一半在那里，不十分牢靠，不十分真切。同时，档案管理人林赫斯特，扮演群龙玩儿，不断地喷火吐气，像一辆汽车似的。我问仆人里欧，为什么艺术家有时候显得只是半活而已，而他们的创作物却似乎这么无可争辩地活生生。里欧看看我，对我的问题感到讶异。然后，他放开抱在怀里的狮子狗，说道："跟做母亲的恰好一样。当她们生了子女，给他们哺乳，给他们美丽和力量，她们自己就变得看不见，而且没有人再问起她们。"

"但这是可悲的。"我说道，其实对于这件事情我并没有过多思考。

"我不以为这比其他的一切事情来得可悲，"里欧说，"也许那是可悲的，但却也美丽。法则规定它得这样。"

"法则？"我好奇地问，"那是什么法则，里欧？"

"服务的法则。想长寿的人必须服务，但是想统驭的人却不长寿。"

"那么为什么有这么多的人抢着要统驭？"

"因为他们不懂。生为主人的为数不多，他们保持快乐和健康。但是其他借着努力才成为主人的那些人，结果是落得一无所有。"

"什么是落得一无所有，里欧？"

"譬如说，落得住在疗养院里。"

我对于这句话没什么了解，然而这些字却留在我的记忆里，使我觉得这个里欧晓得各种各样的事情，觉得他比这些表面上是他的主人的我们，也许还要懂得多。

二

关于是什么原因，使得我们的忠实朋友里欧，决定在莫比欧·茵菲里欧的危险峡谷中离开我们，参与这次难忘的旅行的每一个人，都有自己的想法。那是在很晚以后，我才开始稍为疑心，检讨这件事情的境遇与更深的意义。这个显得是偶然而实际上是极为重要的事件——里欧的失踪——也似乎绝不是一件意外，而是连锁事件中的一环，透过这个连锁，永恒的敌人想尽办法要给我们的事业带来灾祸。在那个凉爽的秋晨，当我们发现仆人里欧不见了，而我们对于他的一切搜索依然是徒劳无功的时候，我的确不是唯一首次感到大祸将临而命运虎视眈眈的人。

不过，这就是当时的情况。在我们大胆地横越半个欧洲和中世纪的一部分之后，我们在一个很狭窄的岩谷——意大利边界的一个野山谷——扎营，并寻找莫名其妙地失了踪的里欧。我们寻找他越久，我们寻获他的希望在白天当中越变得渺茫，我们越是受到这种想法的压抑，认为这不单是我们的仆人当中一个受人欢迎、令人快活的人的问题——他不是遭到意外，要不然就是逃之夭夭，或者是被敌人虏获——而且是麻烦的开始，是一阵将肆虐在我们头上的暴风雨的初兆。我们花了整天的时间，一直到暮色沉沉还在寻找里欧，整个峡谷都搜索过了。虽然这些努力使我们疲乏，并且有一种无望和徒劳之感在我们当中产生，但奇怪而可怕的是：失踪仆人的重要性似乎与时俱增，而且我们的损失也引起了困难。不但是每一位朝圣者，更不用说全体职员，都为这个英俊、快活而听话的青年担忧，而且他的失去变得越确定，他似乎也越不可或缺。没有了里欧，没有了他那英俊的脸庞、他的好脾气和他的歌声，没有了他对于我们伟大事业所怀的热忱，这项事业本身似乎就神秘地失去了意义。至少，那是它影响到我们的方式。尽管在旅程的前几个月当中有无数的紧张和许多小幻灭，我却从来没有过一刻内在的软弱和严重的怀疑。没有一位成功的将军，飞往埃及的燕群中没有一只鸟儿，能比在这次旅程中的我，对于他的目标、他的使命、他的行动和期望的正当性，感到更有把握的。但是现在，在这个不祥的地方，当我继续在蔚蓝和金黄的 10 月的整个日子里，听到我们的步哨的呼叫和信号，而越来越兴奋地一再期待报告的来临，却只是大失所望和凝视着困惑的面孔的时候，我头一次感到忧愁和怀疑。这些感觉变得越强烈，我似乎也越明白：不但是我对于再找到里欧已失去信心，而且样样事情现在仿佛都变得不可靠和令人疑虑。每一件事情的价值和意义都受到了威胁：我们的友谊，我们的信心，我们的誓言，我们的东方之旅，我们的整个人生。

纵使我误以为我们大家都有这些感觉，纵使我把实际上在很晚以后才经验到的情感错误地归咎于那一天的自己，但不管怎样，还有关于里欧行囊的事实——撇开一切个人的情绪不谈，这实际上相当离奇古怪，而且也是与日俱增的烦恼的来源。甚至于在莫比欧峡谷的这一天，甚至于在我们急切地寻找失踪的人的当儿，首先是一个人，接着是另外一个人，失去了行囊中的某件重要东西，某件不可缺少的东西，却到处都找不到。显然每一件失去的东西必定是在里欧的行囊里，虽然里欧跟我们其余人一样，只背着平常的亚麻布的行军粮袋——只不过是大约三十袋当中的一袋——但似乎在这个失去了的袋子里，装有一切我们在旅程中所携带的真正重要的东西。虽然这是一个有名的人性弱点，就是一件东西在不见的时候，价值就被夸大，而且似乎比我们所拥有的东西更不可或缺；虽然在莫比欧峡谷使我们感到这么困扰的许多物品的丧失，事实上后来都再出现了，或者终于证明并非如此不可或缺——但是，尽管如此，不幸的是在当时，我们以十分合理的惊骇，真的证实了一连串极为重要的东西的失落。

进一步的异常与古怪的事情是这样的：失落的物件，不管它们后来有没有再出现，都逐渐地现出了它们的重要性，而渐渐地，相信是失落了的一切东西——这些东西我们曾经如此荒唐地怀念，而且谬误地给予这么大的重要性——又在我们的贮藏物中出现了。为了在这里清清楚楚地交代何者为真实却又全然费解，就必须说到，在我们以后的旅程当中，所有失落的工具、贵重物品、纸牌和文件，都似乎是不可或缺的，这真使我们丢脸。老实说，我们每一个人都似乎在扩张自己全部的想象力，使自己相信那些损失是骇人的、无法替换的，每一个人好像都在努力构想，认为他最重要的东西已经失去，而加以悲悼。有的人认为是护照，有的人认为是地图，又有的人认为是开给哈利发的信用状；有的人认为是这件东西，有的人认为是那件东西。而虽然到后来，相信已经失落的物品，显然不是根本没有失落，就是不重要或可有可无，但是仍然有一件真正有价值的东西——一件无比重要，绝对基本而不可或缺的文件——是真的无可争辩地失落了。但是现在对于这份跟仆人里欧同时失踪的文件，是否曾经真正地在我们的行囊里，大家都徒然地交换意见。对于这份文件的伟大价值和它无可替换的遗失，大家都完全同意，然而我们当中没有几个人（连我自己在内）能够确定地宣称我们曾经携带这份文件旅行。有一个人断言：有一份类似的文件的确曾经放在里欧的亚麻布袋子里；这根本不是原来的文件，而只是一份副本。别的人则宣称：我们从来无意在旅途中携带该文件本身或一份副本，因为这将使我们整个的旅行成为笑柄。这导致了热烈的争论，而更进一步地证明：对于原件的下落，大家有种种完全冲突的意见（我们是否只有副本以及我们是否把它遗失了，这一点并不重要）。据称该文件是存放在凯甫豪泽的政府里。另一个人说：不，它是放在盛着我们已故的大师的骨灰缸里埋掉了。又有一个人说：胡扯，盟会的文件是由大师以只有他自己才懂的原始文字起草的，而且照他的嘱咐，与他的尸体一起焚化了。查询原来的文件是没有意义的，因为在大师去世以后，就不可能有人会读它了。不过的确有必要去确定原件的 4 种（有些人说 6 种）译本在哪里——这些都是大师在世时，在他的督导下完成的。据说有中文、希腊文、希伯来文和拉丁文的译本存在，而且是存放在4个古老的都城里。许多别的意见和看法都提出来了；有许多人固执己见，其他的人则先相信一种议论，接着又相信另一种相反的议论，然后又很快地改变主意。总之，从那时候起，虽然伟大的观念仍然使我们聚在一起，但是在我们的团体中，确信和统一已不复存在。

我多么清楚地记得那些初次的争论！这些争论，在我们一向是完全团结的盟会，是多么新奇而闻所未闻。争论是以尊重和礼貌进行的——至少是在开始的时候。起初既没有引起猛烈的冲突，也没有引起对于个人的谴责或侮辱——起初我们仍然是世界上的一个不可分离的、统一的兄弟会。我还听得见他们的声音，我还看得到首先进行争辩的营地所在。我看见金黄色的秋叶在那些异常严肃的面孔当中，落到这儿、那儿。我看见一个人单膝下跪，另外一个人躺在一顶帽子上。我聆听着，越来越感到痛苦和恐惧，但在这一切的意见交换当中，我的内心对于我的信念有十分的把握——令人伤心的把握。那就是：原来的、道地的文件曾经放在里欧的袋子里，而且跟他一起消失不见了。不管这个信念多么暗淡，它还是一种坚定的信念。在那个时候，我真的在想：我很愿意拿这个信念跟一个比较有希望的信念交换。到后来，当我失去了这个可悲的信念，而轻易地受到五花八门的意见所影响的时候，我才觉悟到我在我的信念中所拥有的东西。

我知道这个故事不能以这种方式来叙述。但是这篇有关一次独特的旅行，有关一次独特的心灵的团契，有关这么奇妙崇高的精神生活的故事，要怎样才能加以叙述呢？身为我们团体的最后幸存者之一，我非常乐意把我们的伟大宗旨的一些记录保留下来。我觉得好像是一位查理大帝的骑士的硕果仅存的老仆人，想起了一连串动人的事业和奇迹。如果他没有成功地借着文字或图画、故事或歌谣，把其中的一些传给后代，那么那些形象和回忆就会随着他一同湮没。但要用什么办法才有可能叙述东方之旅的故事呢？我不知道，这第一次的努力，这以最好的意向开始的尝试，已经把我引到无边无际与不可思议之中。我只不过想设法描写留在我记忆中的，有关我们的东方之旅的事件经过和个别细节而已。好像没有比这个更简单的了。而现在，几乎还没有叙述到什么，我就被一件我原来压根儿就没想到的小插曲阻碍了。这个插曲就是里欧的失踪。我双手拿着的不是一块织品，而是一包千头万绪的打了结的线。就算每一根线，被加以整理而轻轻拉动的时候，没有在手指间变得极为脆弱而断裂，要把这些线解开拉直，也要忙坏好几百只手，花费好几年工夫。

我想每一位历史学家，在他动手去记录某一个时期的事件，想要诚心地加以描绘的时候，都会受到类似的影响。事件的中心在哪里？这些事件所环绕并使事件连贯的共同观点在哪里？为了诸如连贯、因果关系之类的东西，为了让某种意义得以产生，并可以以某种方式加以叙述，历史学家就必须发明一些单位——一位英雄，一个国家，一种观念——而且他必须使实际发生在无名人物身上的事情发生在这个杜撰的单位上头。

要连贯地叙述一些已经实际发生并且获得证实的事件倘若这么困难，我的情形就要更困难得多了，因为每一件事情，只要我一加以缜密的考虑，就变得很有问题。每一件事情都溜跑而瓦解，就好像我们的团体——世界上最坚强的——能够瓦解一般。没有一个单位，没有一个中心，没有一个点，可以让轮子来回转。

我们的东方之旅和我们的盟会——我们团体的基础——一直是我一生当中最重要的事物，的确是唯一重要的事物。跟它相比，我自己个人的生命就显得微不足道。而现在我想要抓紧和描写这件最重要的事情，或至少是其中的一部分，每一件事情就只不过是一团曾经反映在某件东西上头的支离破碎的图片。这件东西就是我，而这个自我——这面镜子——只要我对它凝视，就证明只不过是一面镜片的最上面的外层而已。我收起笔来，衷心希望明天或改天继续下去，或不如重新开始，但是在我的打算和希望背后，在我想要叙述我们的故事的惊人冲劲后面，总是有一种可怕的疑惑。这是在莫比欧山谷寻找里欧时所产生的疑惑。这个疑惑不只是问这个问题："你的故事能够加以叙述吗？"它也问这个问题："这件事真的有可能体验过吗？"我们想到参加世界大战的人的例子。虽然他们绝不缺乏事实和经过证明的故事，但有时候也必定怀有同样的疑惑。

三

自从我写了前面那些文字以后，我一再地考虑我的计划，设法找出一条脱离困难的路子，但我没有找到一个解决的办法。我仍然遭遇到混乱。但我发誓过不屈服，而在我发这个誓的当儿，有一个快乐的回忆，像一缕阳光似的，掠过我的心头。我觉得，这跟我们开始远征的时候，我所感觉到的类似——十分的类似。当时我们也在从事貌似不可能的事情，当时我们显然也是在黑暗中旅行，不知道我们的方向，连最渺小的前途也没有。然而，在我们的心中，有某件比真实或可能性更坚强的东西，那就是对于我们的行动的意义和必要性所具有的信念。回想到这个情感，我就战栗，而在这幸福的战栗的当儿，每件事情都变得清晰，每件事情仿佛又可能了。

不管发生什么事，我都决心运用我的意志。纵使我必须重新开始我这篇困难的故事十次、一百次，而总是走到同一条死巷，我也愿意重新开始一百次。如果我无法再把这些图片集合成一个有意义的整体，我就要尽可能忠实地提出每一个断片。而就现在仍然可能的，我要留意到我们的伟大时期的第一原则，永远不依赖理智，也不让自己为理智所挫败，永远要知道：信心比所谓真实更强。

同时，我的确做了一次衷心的尝试，以切合实际和通情达理的方式，来接近我的目标。我去探望一位住在木镇，担任报馆编辑的年轻时代的朋友。他叫路卡斯。他参加过世界大战，而且出版了一本销路很广的有关大战的书。路卡斯亲切地接待我。他显然高兴看到一位从前的同窗。我跟他长谈了两次。

我设法使他了解我的处境。我蔑视一切的回避。我坦白告诉他：我曾经参加他一定也听说过的那项伟大的事业——所谓"东方之旅"，或是盟会的远征，或不管当时大家怎么称呼。啊，是的，他嘲讽地微笑，他当然记得。在他的朋友圈子里，这个奇异的插曲多半被叫做——也许有点儿不恭敬——"孩子们的十字军"。这项运动在他的圈子里并不十分受到重视。它的确曾被拿来跟某种通神运动或兄弟会相比。尽管如此，他们对这项事业的间歇性成功还是感到很惊讶。他们相当尊敬地读到穿过上斯华比亚的勇敢旅行，读到在布连加登的胜利、台新山村的降服，而且有时候感到诧异：这项运动是否愿意为共和政府服务。后来，的确，这件事情显然是销声匿迹了。以前的领袖有几位离开了这项运动；的确，在某一方面，他们似乎以此为耻而不再想去记住它。关于它的消息传布得很少，而且总是矛盾得出奇，因此这整个事情，跟战后那几年这么多的古怪的政治、宗教和艺术的运动一样，只被当做记录而束之高阁，为人所遗忘了。在那个时候，有这么多的先知崛起，有这么多怀着救世希望的秘密结社出现，然后又消失不见，不留痕迹。

他的观点很清楚，那是一个用意良善的怀疑者的观点。其他听过这个故事，但没有参加过的人，也许对于盟会和"东方之旅"都会有同样的想法。说服路卡斯并不是我的事，但我给了他一些正确的情报。譬如说，我们的盟会绝不是战后那几年的衍生物，而是延伸到整个世界史的一个团体，有时候当然是潜伏在底下，却连绵不断，甚至于连世界大战的若干面，也只不过是我们的盟会史上的几个阶段而已；再说，琐罗亚斯德、老子、柏拉图、色诺芬、毕达格拉斯、大阿尔伯特、堂吉诃德、项狄、诺瓦利斯和波德莱尔，都是我们盟会的共同创立者和弟兄。他以我所料到的那种方式露出微笑。

"哦，"我说，"我到这里来不是要教导你，而是要向你请教。我有写作的热烈欲望，也许不是写一本盟会的历史（甚至于连装备精良的一整队学者也不配做这件事），而是要十分简单地说出我们的旅行故事。但即使是在接近主题方面，我都不十分成功。这不是文学才气的问题——才气我想我是有的。再说，在这方面我并没有什么野心。不，那是因为我经验过一次的这种真实，以及我那些同志，都不再存在，而虽然对于它的回忆，是我所拥有的回忆当中最宝贵、最鲜明的，它们却似乎都这么遥远。它们是由这么不同的料子做成的，以至仿佛它们是源自别的星球和其他的纪年，也仿佛它们是狂妄的梦想。"

"这我能够了解！"路卡斯急切地叫起来。我们的交谈只不过刚刚引起他的兴趣，"我多么了解！那正是我的战争经验影响我的方式。我认为我曾经栩栩如生地体验到它们，我满怀它们的形象，几乎多得要爆炸了。在我脑子里的那卷胶片似乎有好几英里长。但当我坐到案前、椅上或桌旁的时候，被夷为平地的村庄和森林，由猛烈的轰击所产生的大地的震颤，污秽与伟大、恐惧和英勇、撕裂的肚子和头颅、贪生怕死和心如铁石的这些混合，都无限地遥远，都只是一场梦，与任何事情无关，也无法作真正的构想。你知道，尽管如此，我最后还是写了我的战争书。这本书现在有很多人阅读和讨论。但是你可知道，我认为有十本像那样的书，每一本都比我的要好上十倍，而且更为生动，但要是最正经的读者自己没有体验到战争，就无法把战争的任何真相传达给他。有经验的人并不太多。甚至于连那些参加过大战的人，也好久没有体验到战争了。假如有很多人真正体验过的话——他们又把它忘了。除了渴望体验一件事情以外，人们也许没有比遗忘更为强烈的渴望了。"

他沉默了，面露困惑之色继而沉湎于冥思之中。他的话证实了我自己的经验和想法。

过了一会儿，我小心问他："那么你怎么可能写出那本书呢？"

他想了一下，从思考中回来。"只有我可能做到，"他说道，"因为那是必要的。我要是不写那本书，就会陷入绝望。那是把我从空虚、混乱和自杀当中拯救出来的唯一方法。那本书是在这种压力下写出来的，而且给我带来了预期的治疗，只因为不管是好是坏，书总是写了。只有这件事才算数。在写作的时候，我根本无须想到任何别的读者，而只要想到我自己，或顶多也不过是在这里那里，想到另一位亲密的战友。当时我的确从没有想到那些幸存者，而总是想到那些阵亡的人。在写书的时候，我仿佛是精神恍惚或发疯似的，被三四个断腿失臂的人所包围——那本书就是这样子产生的。"

突然他说——那是我们第一次交谈的结束："对不起，我不能再说了，一个字也不行。我不能，我不愿。再见。"

他推我出去。

在我们第二次见面的时候，他又从容自如了，面带同样嘲讽的微笑，不过对于我的问题似乎一本正经，而且也完全了解我的问题。他给我一些建议，但是对我似乎没有多大用处。在这第二次，也是最后一次的谈话结束时，他几乎满不在乎地跟我说："听哪，你不停地回到有关仆人里欧的那个插曲。这我可不喜欢。它似乎妨碍到你。让你自己自由吧，把里欧抛开。他似乎正在成为一个固定观念。"

我想回答他说：没有固定观念，一个人就写不出书来。但是他以这个十分意外的问题把我吓了一跳："他真的叫做里欧吗？"

我的额头冒着汗。

"是的，"我说，"当然他叫做里欧。"

"那是他的教名吗？"

我支支吾吾："不，他的教名是……是……我记不起来了。我忘了。里欧是他的姓。大家都这么叫他。"

我还在说话的时候，路卡斯已经从写字台上抓起了一本厚厚的书，一页一页地翻着。他以惊人的速度找出来，用指头按在书上打开的一页的一个地方。那是一本通讯录，而他手指按着的地方，名字是里欧。

"看吧，"他笑道，"我们已经有一个里欧了。安德烈·里欧，塞勒格拉本 69 号甲。这是一个不寻常的名字，也许这个人知道一些有关你的里欧的事情。去看看他吧，说不定他可以告诉你你想知道的事情。我不敢说。失陪了，我的时间有限。见到你真是高兴。"

在顺手关门的当儿，我由于惊愕和兴奋而摇晃。他是对的。我无法从他那里得到更多的东西了。

就在同一天，我到塞勒格拉本去，寻找安德烈·里欧的房子，并打听有关他的事情。他住在三楼的一个房间。在星期日和晚上，他有时候在家；白天，他去工作。我探听他的职业。他们说他干这干那，以及别的。他会修指甲，治疗手足病和按摩。他也制造油膏和草药。在不景气的时候，没什么事可做，他有时也以驯狗和剪狗毛为业。我走开的时候，决定最好还是不要去拜访这个人，或者无论如何，不要告诉他我的来意。不过，我非常好奇，想去见他。因此，在以后几天，当我经常散步的时候，就注视那间房子。今天我也要去，因为一直到现在，我还没能面对面地见到安德烈·里欧。

啊，这整个事情使我绝望，然而也使我快乐，或者不如说是兴奋和急切。它再一次赋予我自己和我的生命以重要性，这一向都是很缺乏的。

执业的医生和心理学家把人类的一切行为归之于自私的欲望，这可能是对的。的确，我看不出一个为一个项目的服务付出一生，忽视了自己的快乐和福利，并为任何事情牺牲一切的人，他的行动真的跟一个贩卖奴隶或买卖军火，而把收入挥霍在寻欢作乐上的人，有什么不同。但无疑地，要是跟这样的一位心理学家争辩，我会立刻一败涂地，因为，当然啦，心理学家永远是获得胜利的人。就拿跟我有关的来说，他们可能是对的。那么说，我认为美好的一切别的事物，为了它们我作了许多牺牲，都只不过是我的自私的欲望而已。的确，每一天，我看到我的自私，在我想写"东方之旅"的某种历史的计划当中，越来越清楚。起初，我觉得我正在以崇高的目的为名而从事一项辛苦的工作，但是我越来越明白，在叙述我的旅行的时候，我只不过跟路卡斯先生写他的战争书一样，抱着相同的目的，那就是使我的生命有意义，并以此来拯救生命。

要是我看得见路就好了！要是我能够再往前走一步就好了。

"把里欧抛开吧！使你自己摆脱掉里欧！"路卡斯跟我说。我倒不如抛开我的头颅或肚子，来摆脱掉它们！

亲爱的上帝啊，帮我一点儿忙吧。

四

如今样样事情似乎又不同了。我还不知道这是不是已在我的困难中帮了我的忙。但是我有了一次经验，某一件我从未料到的事情发生在我身上——不，我不是真正地料到了它，我不是在期待、盼望和真正地担心它吗？不错，是这样。然而它依旧是够奇异，够不可思议的。

我经常到塞勒格拉本去，去了二十次或者还要多，都是在我认为有利的时候去，而且往往都是漫步走过69号甲，心里老是在想："我要再试一次。要是里面一无所有的话，我就不再来了。"但是我一再地去，而在前天，我的愿望实现了。啊，那是何等的满足！

当我走近那栋房子的时候——它那灰绿色泥巴中的每一道罅隙和裂缝，我现在都知道——我听见有人用口哨吹出一支小调或是舞曲，一支流行的曲子，从上面的窗子传出来。我还不知道是什么曲子，但是我倾耳谛听。那个调子激起了我的回忆，而一些蛰伏的往事也涌到了眼前。音乐是平凡的，但是吹的口哨异常美妙，带着柔和而悦耳的音符，纯得出奇，有如鸟鸣一般愉快自然。我伫立倾听，陶醉了，同时又奇异地感动了，却别无所思。要是我有所思的话，那也许是在想：能够吹得出那样的口哨的，必定是个很快乐、很亲切的人。有好几分钟之久，我站在那里，生了根，聆听着。一个满脸病容的老头儿走过去。他看到我站着，也倾听起来，只听了片刻，就对我会心地微笑，走开了。他那漂亮的远视的目光仿佛在说："你留在那里吧，像那种口哨不是每天都听得到的。"那个老头儿的目光使我高兴起来。他走了，我感到遗憾。不过，我同时立刻晓得：这个哨音是我一切愿望的实现，而吹口哨的人必定是里欧。

天色越来越暗，但是还没有一家窗口有灯光。那个调子和它那简单的变化，已经结束了。有的是沉寂。"他现在会在上面弄个灯。"我想，但是每样东西都还在黑暗里。然后我听到楼上有一扇门打开了，不久我也听到楼梯上有脚步声。

房子的门打开了，有人走出来。他走路就跟吹口哨一样，轻盈愉快，却稳定、健康而年轻。那是一个瘦削、没戴帽子的男人，不很高。他走到那里，我的感觉就变得确定了。那是里欧，不只是来自通讯录的里欧，而且是里欧本人——我们亲爱的旅伴和仆人里欧。十几年前，他的失踪曾给我们带来了那么多的忧虑和困惑。在我喜悦和惊讶的伊始，我差点儿跟他打招呼。然后我才想到：在东方之旅途中，我也常常听到他吹口哨。它们的调调儿跟先前相似，然而我听起来却出奇地不同！一阵怅然之感来到我身上，有如一把刀戳到心里头：啊，自从那时以来，样样事情都多么地不同，那天空、大气、季节、梦想、睡眠、白天和夜晚！只要回忆到往事，一声口哨和一声熟悉的脚步的节奏，就能够这么深切地感动我，并给我这么多的快乐和痛苦。这时候我发现，一切事情对我来说已经有了多么巨大和可怕的改变！

那个人走过我的身边，他那无遮蔽的头，柔软而宁静地搁在他那无遮蔽的颈子上，出现在开领的蓝衬衫顶端。那个形影沿着渐暗的巷子，自在而快活地走动，由于穿了薄凉鞋或运动鞋，几乎听不见声音。我尾随着他，但没有任何特别的意向。我如何能够不尾随他！他走下小巷，虽然他的脚步轻盈，不费力又年轻，却也跟黄昏相配合。它跟暮色同一性质，跟那个时刻，跟来自城中心的低低的声音，跟刚刚开始显现的头一批半明的灯光，既友好又一致。

他在圣保罗大门转进了小公园，消失在高而圆的树丛里。我匆匆赶上去，免得失去他。他又出现了，慢慢地沿着丁香花丛和刺槐漫步。小径分为两条，穿过小树林。在草地边缘有几条长凳子。在树下的地方天色已暗。里欧经过第一条长凳，有一对情侣坐在那里。第二条长凳是空着的。他坐下来，倚着长凳，头往后压，花一段时间仰望树叶和云彩。然后，他从外衣的口袋里掏出一个白而圆的金属小盒子，把它放在身边的凳子上，扭开盖子，慢慢地开始从盒子里拿出东西塞到嘴里，愉快地吃着。同时，我走到入口，又折回树林去，然后我走近他的凳子，坐到另一端。他抬起头来，以清澈的灰眼睛凝视着我，并继续吃东西。他吃的是果脯，几粒梅干，一半是杏。他用两根手指头一粒又一粒地夹起来，稍为压捏一下，就放到嘴里，愉快地嚼个老半天。他吃了好久才把最后一粒吃完。然后他把盒子盖起来收拾好，往后倚，舒展双腿。我现在才看到，他的布鞋的鞋底是用绳子编织成的。

"今晚会下雨。"他突然说，我不知道是跟我说呢，还是跟他自己说。

"不错，看起来好像会下雨。"我说。有点儿困窘，因为他还没有认出我的形影和步态，很可能——而且我几乎可以确定——他现在会由我的声音认出我来。

但是不，他根本没认出我，连我的声音都没认出，因为这是我的第一个心愿，所以使我大失所望。他没有认出我。虽然他 10 年后还是那个老样子，而且显然一点儿也没老，我却大不相同，不同到令人忧戚。

"你的口哨吹得很好，"我说，"我早先在塞勒格拉本听到你吹口哨，使我很高兴。我从前是个音乐家。"

"噢，你是！"他亲切地说，"那是个大行业。你放弃了吗？"

"是的，目前放弃了。我连小提琴都卖掉了。"

"是吗？多可惜！你有困难吗——我是说，你挨饿吗？我家里还有一些东西吃。我的皮包里也有一点儿钱。"

"啊，不，"我赶紧说，"我不是那个意思。我的境况相当不错。我所拥有的，比我所需要的还要多。不过，我要谢谢你，你实在太好了。这样仁慈的人是难得碰到的。"

"你这么想吗？嗯，也许！人往往很奇怪。你也是一个奇怪的人。"

"是吗？为什么？"

"哦，因为你有足够的钱，却把小提琴卖掉了。你不再喜欢音乐了吗？"

"啊，喜欢的，但有时候一个人不能再从他以前所喜爱的东西里得到乐趣了。有时候一个人会把他的小提琴卖掉，或者是在墙上砸碎，或者是一位画家把他的画全部都烧掉。你从来没听说过这种事情吗？"

"啊，听说过的。那是由于绝望的缘故。的确有这种事。我还知道有两个人自杀了呢。这种人是愚蠢的，而且也可能是危险的。人就是无法帮助某些人。但是现在你既然不再拥有小提琴，那你做什么呢？"

"啊，这个，那个，以及别的。我实在没有什么大作为。我不再年轻，而且常常生病。但你干吗老谈那把小提琴？它并不真的那么重要。"

"小提琴吗？它使我想起了大卫王。"

"大卫王？他跟小提琴有什么关系？"

"他也是个音乐家。他年轻的时候，常常为扫罗王弹奏，用音乐驱走国王的恶劣情绪。后来他自己当了国王，一位满是烦恼的伟大国王，有各种各样的情绪和困扰。他头戴王冠，领导战争以及诸如此类的事情，他做过许多真正邪恶的事情，变得很有名。但是我想到他的一生，其中最美丽的部分是年轻的大卫拨弄竖琴，给可怜的扫罗王演奏音乐。我觉得他后来成为国王，是一件可惜的事情。他当音乐家的时候，要快乐得多，而且也善良得多。"

"当然他是！"我颇为热情地叫起来，"当然，那个时候他比较年轻，而且也比较英俊，比较快乐。但是一个人的青春不能永驻。你的大卫总有一天会衰老，变丑，而且就算他一直都当音乐家，也会充满烦恼。因此他才成为伟大的大卫，完成了他的事业，撰写了他的诗篇。人生并不只是一场游戏啊！"

里欧于是站起来鞠躬。"天色黑下来了，"他说，"而且不久就要下雨。关于大卫的所作所为，我知道得并不很多，也不知道它们是不是真的伟大。老实说，对于他的诗篇，我知道得也不很多，但是我不愿意说任何反对它们的话。然而有关大卫的叙述，没有一篇能够向我证明人生不是一场游戏。在人生美丽和快乐的时候，不过是如此而已——一场游戏！当然，一个人也可以把人生当做种种别的事情，把它当做责任，或是战场，或是牢狱，但那样做并没有使人生更美好。再见，很高兴遇到你！"

这个奇怪的、可爱的人开始以他那轻盈、稳定而愉快的步伐走开，而在他就要消失的当儿，我的一切拘束和自制全都崩溃了。我绝望地追他，恳求地喊叫："里欧！里欧！你是里欧，不是吗？你不再认得我了吗？我们曾是盟会的弟兄，而且应该仍然如此。我们都是东方之旅的旅客。你真的忘了我吗，里欧？你真的不再记得王冠守护者、克林梭和歌尔蒙、布连加登的节日，还有莫比欧·茵菲里欧的峡谷吗？里欧，可怜可怜我吧！"

他并没有像我所担心的那样子跑开，但是也没有转过身来。他一直往前走，仿佛什么也没听见，但是给我时间赶上他，而且似乎并不反对我陪伴他。

"你这么烦恼而匆忙，"他亲切地说，"那可不好。它使人脸庞歪曲，叫人生病。我们要慢慢儿地走——这才舒服。那几滴雨真奇妙，不是吗？它们像科隆香水似的从空中降下来。"

"里欧，"我恳求道，"发发慈悲吧！只要告诉我一件事情，你还认得我吗？"

"啊，"他亲切地说，有如跟一个病人或醉汉说话似的继续说下去，"你现在会好些，小雨让人惬意。你问我是不是认识你。哦，有谁真正认识另外一个人，甚或他自己呢？至于我，我是一个根本不了解人们的人。我对他们不感兴趣。现在，我很了解狗，也了解鸟儿跟猫——但是我并不真正认识你，先生。"

161

"但是你不是隶属于盟会吗？你不是跟我们一道旅行过吗？"

"我仍然在旅行，先生，而且我仍然隶属于盟会。有这么多的人来来往往，一个人认得大家，却又不认识他们。对狗可要容易得多了。等一等，在这里停一下！"

他举起一根警告的手指头。天色渐暗，一层稀薄而潮湿的空气逐渐包裹了我们立足的小径。里欧撅起嘴唇，吹出一声漫长、震颤、柔和的口哨，等了一会儿又吹起来。我退缩了一点儿，因为在靠近我们的地方，从细工栏杆的后面，一只庞大的德国牧羊犬突然从树丛里跳出来，快乐地吠叫着，逼近篱笆，以便在铁条和铁丝之间接受里欧的抚摸。那只强有力的动物，双眼闪烁着淡绿色的光，只要那目光落到我身上，它就在喉咙深处咆哮，有如远处的雷鸣，几乎听不见。

"这是德国牧羊犬，涅克，"里欧介绍给我说，"我们是很要好的朋友。涅克，这是一位从前的小提琴手。你不要对他怎么样，更不能向着他吠。"

我们站在那里，里欧温柔地透过栏杆搔那只狗的湿皮。那的确是一幅美丽的情景。我看到他跟那条狗那么友好，看到这夜晚的问候给予他的乐趣，感到很是欣慰。同时，使我痛苦到几乎不能忍受的是：里欧居然跟这只德国牧羊犬，也许还跟很多狗，甚或跟这个地区所有的狗，这么友好，而一个超然的世界却把他跟我隔开了。我恳切而谦卑地寻求的友谊和亲昵，似乎不仅属于这条狗涅克，而且也属于每一只动物、每一滴雨水、每一寸里欧所踩过的土地。他似乎坚定不移地奉献出自己，并且在他跟环境的一种随和而平衡的关系中，不停地安憩，知道一切事物，也为一切事物所知、所爱。只有跟我这个这么爱他、这么需要他的人，才没有接触，只有跟我，他才断绝关系；他冷漠地看着我，疏远我，从他的记忆中抹去了我。

我们继续慢行。在栏杆的另一边，那只德国牧羊犬陪伴着他，发出表示亲爱和愉快的温柔而满足的声音，但并没有忘记我这个不受欢迎的人。有好几次，它为了里欧的缘故，才把自己防卫和敌视的吼声压抑下去。

"原谅我，"我又开始说，"我纠缠你，占用你的时间。当然，你想回家就寝了。"

"一点儿也不，"他微笑着说，"我不在乎像这样子整夜散步。如果对你来说，这种行为带来的负担不太沉重。"

他说这些话时，态度很亲切，而且必定是没有保留的。但是他话才说出口，我就突然在自己的脑子里和身体的每一部分肌肉里，感到我是多么疲惫，也感到这种徒劳而令人困窘的夜间漫游，每一步都多么使我劳累。

"我实在很疲倦，"我颓然地说，"我刚刚才发觉。整夜在雨中溜达，叫别人讨厌，也没意思。"

"悉听尊便。"他彬彬有礼地说。

"啊，里欧先生，在盟会的东方之旅当中，你并没有像这样子跟我说话。你真的把一切都忘了吗？啊，咳，那是没有用的。别让我再耽搁你了。晚安。"

他很快消失在黑夜里。我独自留下来，愚蠢地，垂着头。我输了这场游戏。他不认识我，他不想认识我，他捉弄我。

我顺着小径走回去。那只狗涅克在栏杆后面猛吠。在这夏夜潮湿的温暖里，我由于疲乏、悲伤和孤独而发抖。

在过去，我也经历过类似的时刻。在这种绝望的时刻，我觉得自己——一名迷路的朝圣者，仿佛已经到了世界的尽头，而我除了满足我最后的欲望之外，就无事可做了：这个欲望就是让自己从世界的尽头掉到虚无里——掉到死亡里。在时间的进程中，这种绝望回来过许多次，然而，咄咄逼人的自杀冲动已被疏导，而且几乎已经消失了。死亡不再是虚无、空荡、否定。对于我来说，死亡也变成了许多别的事情。我现在接受绝望的时刻，就像一个人接受身体的剧痛一般。一个人忍受苦痛，有时候是抱怨地，有时候是反抗地。一个人感觉到它的膨胀和增加，有时怀抱一种猖狂或嘲弄的好奇心，想要看看它能够再进展多少，看看痛苦还能够增加到什么程度。

自从我由不成功的东方之旅归来以后，我对于那种已经变得越来越没有价值和没有精神的幻灭人生的一切憎恶，对于自己和自己能力的一切疑惑，我一度经验到的对于善良和伟大的时代的一切欣羡和充满遗憾的渴望，像一种疼痛在我的体内成长，长得像一棵树那么高，像一座山似的拖累着我，而且都跟我以前开始的工作，跟我对于东方之旅和盟会的叙述有关。我现在觉得连这项工作的完成也不再是可欲的或值得的。只有一个希望似乎对我还有价值——借着我的工作，借着我对那个伟大时代的服务，把自己涤净和补救到某种程度，以便使自己再度与盟会和它的经验接触。

我回到家里，开了灯，穿着淋湿的衣服坐到桌前，头上还戴着帽子，就动笔写信。我写了 10 页、12 页、20 页诉苦、懊悔和恳求的信给里欧。我向他描写我的需要，追忆我们共同的经验、昔日共同的朋友。我哀叹粉碎了我高贵事业的那些无穷尽的极端困难。当时的疲乏消失了。我兴奋地坐在那里写。尽管有无穷的困难——我写道——我也宁愿忍受最坏的可能性，而不愿泄露盟会的一项秘密。不管怎样，我必将完成这项纪念"东方之旅"和荣耀盟会的工作。仿佛发烧似的，我匆匆写下字句，填满一页又一页。从我身上滚下来的牢骚、指控和自责，有如从一个破壶滚下的水一般，没有思考，没有信心，没有回信的希望，只有减轻自己重负的欲念。天还没亮，我就把那封厚厚的、混乱的信送到最近的邮筒。然后，天色终于接近破晓。我熄了灯，走到起居室隔壁那间阁楼的小卧室去睡觉。我立刻就睡着了，而且睡得很深沉，很长久。

五

反复苏醒和打盹之后，我在第二天醒来，头疼却觉得休息过了。使我极为惊讶、高兴而困窘的是，我发现里欧在起居室里。他坐在一把椅子的边缘，看起来好像已经等了很久。

"里欧，"我叫起来，"你来了！"

"他们从盟会派我到你这里来，"他说，"你写给我一封跟它有关的信。我把它交给官方。你要出现在宝座面前。我们可以走了吧？"

在混乱中，我赶紧穿上鞋子。前一个晚上弄乱了的书桌，仍然有点儿乱七八糟的样子。在那个当儿，我几乎不再晓得几个钟头以前，我在那里如此有力而充满痛苦地写了什么。

然而，好像并没有白费工夫。有什么事发生了。里欧来了。

猛然间，我第一次了解了他那些话的意义。原来还有一个我不再知晓的"盟会"没有我而存在，而且不再把我看做隶属于它！还有一个盟会和宝座！还有那些官员，他们叫我去！想到这些我就发冷发热。我在本镇住了好几个月，忙着整理有关盟会和我们旅行的摘记，却不知道盟会的其余人士是否还存在，也不知道盟会在哪里，或者我是不是它的最后一员。的确，老实说，在某些时候，我不能确定是否有过盟会和我的会籍。而现在里欧站在那里，由盟会派来叫我。人家记起了我，召唤我，他们想听我述说，说不定还要审判我。好！我有准备。我准备表明：我并没有不忠于盟会。我准备服从。不管那些官员惩罚我还是宽宥我，我已经在事前准备接受一切，同意他们对于一切事情的判断，并且服从他们。

我们出发了。里欧走在前头。又一次，跟许多年前一样，当我注视着他和他走路的样子，我不得不佩服他真是一名无可挑剔的仆人。他在我前面沿着巷子走，敏捷而有耐心，指点着路途。他是十全十美的向导，在工作中是完美的仆人，也是完美的官员。然而，他使我的耐心受到了不算小的考验。盟会召唤我，宝座等着我去，对于我来说，每一件事情都下了赌注。我整个的未来生活将得到决定，我过去的整个生活不是将保留原状，就是将完全失去意义——我由于期待、快乐、焦虑和受到压抑的恐惧而发抖。因此，在我不耐烦的时候，里欧所走的路线，似乎长到令人不能忍受，因为我得跟我的向导走两个多钟头，取道最奇怪而仿佛最反复无常的便道。里欧两次让我在教堂前等候，他自己则进去祷告。有一段漫长到无尽期的时间，他留在古老的市政厅前面沉思默想，并且告诉我15世纪时，它的地基在由盟会的一位著名会员奠定的故事。虽然他走到这里的样子似乎是吃力、热心而有目的的，我却被他为了达成目标所走的便道、迂回路线和之字形道路搞糊涂了。费去我们整个上午的奔走，本来是可以轻易地在一刻钟之内就完成的。

最后，他把我带到一条令人昏昏欲睡的郊区巷子里，走进一座很大的、静悄悄的建筑物。从外边看起来，它好像一座扩大的议会大楼或博物馆。起初，四处连个人影都不见。走廊和楼梯都已弃置不用，在我们脚下嘎吱作响。里欧开始在走道、楼梯和前厅当中寻找。有一次，他小心翼翼地打开一扇大门，在门的另一边，我们看到一间拥挤的艺术家的画室。在一个画架前面站着的是穿衬衫的艺术家克林梭——啊，自从我看到他那张可爱的脸庞以来，已过了多少年了呀！但是我不敢向他问候，时机还没成熟呢。人家等待着我。我受到了召唤。克林梭不大注意我们。他向里欧点点头。他不是没看到我，就是没认出我，以默然、友好却坚定的方式指示我们出去，绝不容许人家打断他的工作。

最后，我们来到这座巨大建筑顶层的阁楼，这里弥漫着纸张和纸板的气味，而沿着墙壁有好几百码，全都是凸出来的纸板门、成排的书籍跟成捆的文件——这是一个庞大的档案保存处，一所巨大的法庭。没有人注意到我们，每一个人都静静地忙着。我觉得仿佛全世界，包括繁星熠熠的天空，都受到这里的统治或至少是记录和观察。我们站在那里等了很久。好多位档案处和图书馆的职员，手里拿着目录标签和数字，在我们周围悄悄地忙碌。扶梯摆好了，就登上去；升降机和小货车都小心而轻轻地发动。最后，里欧开始唱歌。我谛听着那个调子，被深深地打动了。那个调子一度于我是很熟悉的。那是一首盟会歌曲的旋律。歌声一响，样样东西立刻活动起来。那些职员往后退去，大厅伸展到昏暗的远处。那些勤勉的人，渺小而不真实，在背景中的庞大档案区工作。然而，前景是宽敞而空洞的。大厅延伸到惊人的长度。在中间，依照严格的次序排列着许多长板凳。从数不清的门中走出许多职员，慢慢地走近长板凳，一个一个地坐下来。一排接一排的长板凳慢慢坐满了人。这些长板凳的结构渐渐地升起，登峰造极地成为一个宝座，上面还没有人坐。严肃的殿堂里挤满了人，直到宝座前。里欧以警告的目光看着我，要我忍耐、沉默、恭敬，就消失到人群当中去了。突然间他走了，我再也看不到他。但是在环集到宝座的职员当中，我到处见到熟悉的面孔——或微笑或一本正经。我看到了大阿尔伯特、渡船夫华素德伐、艺术家克林梭，以及别人的形影。

最后大厅安静下来了，主席走向前去。我站在宝座前，渺小而孤独，在极为焦虑中准备迎接将在这里举行和决定的一切事情。

主席的声音清晰而平稳，响彻整个大厅。"一位逃亡的盟会兄弟的自我控诉。"我听到他宣布。我的双膝发抖。那是我的生死问题。但这样是对的，每一件事情现在都该整理好。主席继续下去。

"你名叫 H.H. 吗？你参加了穿过上斯华比亚的行军，以及布连加登的节日吗？你步莫比欧·茵菲里欧的后尘，把你的旗帜遗弃了吗？你承认你想写一篇《东方之旅》的故事吗？你发誓对盟会的秘密保持缄默，这项誓言妨碍了你吗？"

我对一个问题又一个问题回答"是的"，包括那些不可解和骇人的问题。

有一会儿，那些职员用耳语和手势在商讨，然后主席又走向前来宣布：

"这位自我控诉者因此被授权公开揭露他所知道的盟会的每一条法规和每一项秘密。再者，盟会的全部档案都让他自由使用，用来协助他的工作。"

主席退回去。职员们都解散了，又慢慢地消失不见，大厅的隐蔽处，有一些穿过出口，大厅一片寂静。我急切地环顾，看到有一样东西搁在一份法庭文件之上，觉得似曾相识。当我把它捡起来的时候，我认出了我的作品——我精致的产物——我所开始的手稿。《东方之旅的故事》，H.H. 著，这几个字写在蓝色的封套上。我抓住了它，并阅读那些密密麻麻用手写的、有许多涂改的纸页。我匆匆忙忙，急着要工作，不胜感慨地觉得：得到了上峰的准许以及协助，现在我终于获准去完成我的工作。当我考虑到不再有誓约来束缚我，而且我可以利用档案处，利用那些无限的宝藏室，我的工作就似乎比以往更伟大而且更有价值。

不过，我读自己手稿的页数越多，我越不喜欢这本原稿。甚至于在我从前最沮丧的时刻，它也似乎从来没有像现在这样无用和荒谬。每一件事情似乎都混乱而愚蠢，最清楚的关系被歪曲了，最明显的事被忘掉了，琐碎和不重要的却位居要津。必须重写，从头开始。在我继续阅读原稿的时候，我不得不一句又一句地划掉，而在我划掉它们的时候，它们就在纸上粉碎了，那些清晰的、斜斜的字母分离成为各色俱备的破片，成为撇和点，成为圈圈、小花和星星，而那些纸页，有如地毯一般，盖满了优雅而无意义的装饰图案。不久，我的原文一无所留；另一方面，有很多未用的纸张留给我工作之用。我振作起来。我设法把事情看得清楚。当然，以前我是不可能提出一种不偏不倚、清清楚楚的叙述的，因为每一件事情都跟因我对盟会的誓言而被禁止揭露的那些秘密有关。我曾设法避免客观地叙述这个故事，而且无视更重要的关系、目的和意图，我只限于叙述个人的经验。但是人家可以看出这导致了什么样的结果。在另一方面，缄默的保证是不再有了，也不再有所限制。我得到完全的正式许可，而且，更有甚者，取之不尽、用之不竭的档案也全部开放给我了。

我明白：纵使我以前的作品没有碎成装饰品，我也必须把整个事情重新开始，以一个新的基础，把它重建起来。我决心以扼要地叙述盟会、它的基础和宪章来开篇。这些广泛的、无穷无尽的、庞大的贴有标签的目录，摆在所有桌子上，遥遥到达远处的半明半昧中，必定可以给我的一切问题提供答案。

首先，我决定随便地查阅档案。我得学习如何去运用这个庞大的机器。自然而然地，我的第一件事情是寻找盟会的文件。

　　"盟会文件，"目录上叙述说，"参阅克利索斯多莫斯组，第5群，39，8句。"——不错，我十分容易地找到该组、该群和该句。这些档案编排得非常好。现在我手里拿着盟会的文件。我心里得有所准备，说不定我无法阅读。事实上，我是无法阅读的。我觉得那是用希腊文写的。我懂得若干希腊文，但一方面，它是用极为古老的、奇怪的字体写的，那些文字尽管显得清楚，我却大部分都读不出来，另一方面，这篇文章是用方言或一种秘密的象征化语言写的，我只偶尔懂得一两个相隔遥远的字，是借着声音和类比而了解的。但我还没有气馁。纵使文件不可读，它的文字能带回过去的鲜明记忆。特别是，我清楚地看到我的朋友龙古斯在黄昏时于花园中写希腊文和希伯来文，这些文字在夜里变成了飞禽和龙蛇。

　　在查阅目录的时候，我面对着在那里等待我的丰富资料发抖。我碰到许多熟悉的字眼和许多著名的名字。我碰见自己的名字，吃了一惊，但我不敢查阅有关它的档案——谁受得了聆听全知法庭对于自己的判决呢？在另一方面，我发现了艺术家保罗·克利的名字——我是在旅程中认识他的，他是克林梭的一位朋友。我在档案中查到了他的号码。我发现那里有一个黄金打成的小圆盘，上面不是画着就是刻着一棵苜蓿。它有三片叶子，第一片代表一艘蓝色的小帆船，第二片代表一条彩鳞鱼，而第三片看起来好像是一张电报纸，上头写着：

蔚蓝如雪

保罗像克利〔注：克利（Klee）意为苜蓿〕

阅读克林梭、龙古斯、麦克斯和提利的资料，也给我一种忧郁的快乐。我也忍不住想要知道更多有关里欧的事情。里欧的目录标签上写着：

小心！

Archiepisc.XIX.Diacon.D.VII.

Corno Ammon.6

小心！

那两个"小心"的警告语让我印象深刻。我无法参透这个秘密，然而，随着每一次新的尝试，我开始越来越了解，这些档案包罗了多么丰富的、意想不到的材料、知识和魔法的处方。我觉得它仿佛包括了整个世界。

在快乐或迷惘地探索了许多部门的知识以后，我好几次怀着越来越强烈的好奇心回到"里欧"的档案。每一次那双重的"小心"都吓到了我。然后，在遍查另一个档案室时，我偶然看到了"法蒂玛"这个名字，并有这些注：

princ.orient.2

noct.mill.983

hort.delic.07

我找了一下，在档案中找到了那个位置。那里有一个小小的金盒子，可以打开，里面有一幅姿色迷人的公主的缩小画像，顷刻间使我想起《一千零一夜》，想起我青春时代的一切故事，想起当我为了旅行到东方的法蒂玛那里，在我见习的时期，以盟会的一员自居的时候，那个伟大时期的一切梦想和愿望。这个小盒子包裹在一条织得很细的红紫色丝巾里，有一股无限遥远和甜蜜的芳香，令人想起公主们和东方。当我吸进这股遥远的、稀有的、有魔力的芳香，我由于突然发觉到这股甜蜜的魔力而感动非常。这股魔力曾在我开始到东方朝圣的时候笼罩着我，而那次朝圣被奸诈的，实际上是未知的障碍所粉碎，然后这股魔力就一直消失不见，而凄凉、幻灭和绝望，从此以后就成为我生命的呼吸，我的食物和饮料！我再也看不见丝巾和画像，因为遮盖我的眼睛的泪之纱是这么的深厚。啊！我想，现在那位阿拉伯公主的画像不再足够作为抵御世界和地狱的护符，而使我成为一名骑士和十字军。我现在需要更强大的护符。但是那萦绕着我的青春时代，使我成为一名说书人、一名音乐家和见习生，并引我到莫比欧去的梦想，曾经是多么甜蜜、多么天真、多么幸福呀！

声音把我从冥想中叫醒。从四面八方，那间档案室无穷尽的空旷怪诞地面对着我。一个新的思想、新的痛苦，像一道闪电似的掠过我身上。我，在我的单纯当中，想要写一篇盟会的故事；在档案所包含的那些数以百万计的手抄本、书籍、图画和参考资料中，我能够辨认或了解的还不到千分之一！我感到屈辱，说不出的愚蠢，说不出的荒唐，不了解自己，觉得自己极端渺小，我看到自己被置于这件事情中，为的是让我可以把玩一下，好教我了解盟会是什么，我自己又是什么。

人数庞大的执事们，穿过无数的门走过来。透过我的蒙眬泪眼，我仍然认得出其中的许多位。我认得魔术家杰普，我认得档案管理人林赫斯特，我认得穿着成巴布罗的莫扎特。这显赫的集会占满了一排排的座位；这些座位越往后面越高，也越窄。在那顶端的宝座上，我看到一袭闪亮的金黄色天篷。

主席走向前来宣布："盟会准备通过它的执事们，给自我控诉者 H. 判决。他觉得他必须对于盟会的秘密保持缄默，而且他现在已经明白：他要写他不配参与的一次旅行的故事，并对一个他不再相信其存在而且对它已不忠诚的盟会作一番叙述，这种意图是多么怪异和冒渎。"

他转向我，以他那清晰、宣言式的声音说："自我控诉者 H.，你同意承认法庭并服从它的判决吗？"

"是的。"我回答。

"自我控诉者 H.，"他继续下去，"你同意执事们的法庭没有会长在位而给你判决，还是希望会长本人给你判决？"

"我同意，"我说道，"接受执事们的判决，不管会长有没有在位。"

主席刚要回答的时候，大厅的最后面有一个柔和的声音说道："会长准备亲自判决。"

这个柔和的语声奇异地震撼了我。从房间的深处，从那些档案室的遥远边界，走出了一个人。他的步履轻盈安详，他的外袍闪耀着金光。他在会聚的静默当中走得越来越近。我认得他的步伐，我认得他的动作，而最后我认出了他的面孔。那是里欧。披着一袭华丽鲜艳的外袍，他穿过一排排的执事，像一位教皇似的登上了宝座。有如一朵华丽而稀有的花儿一般，他身穿辉煌的衣饰爬上阶梯。他走过去的时候，每一排执事都站起来向他致意。他耿直地、谦卑地、尽职地担任他的辉煌职务，谦卑得有如一位佩戴徽章的虔诚的教皇或牧首一般。

我深为好奇并大为感动，准备谦虚地加以接受期待中的判决，不管它现在会带来惩罚还是恩典。使我同样深受感动和惊讶的是：里欧，从前的脚夫和仆人，现在却站在整个盟会的前头，准备给我判决。但是当日的大发现使我感到更为激动、惊讶、骇异和快乐，那就是：盟会完全跟以往一样地稳定而有力，并且遗弃了我和使我失望的，并不是里欧和盟会，而只是由于我自己曾经是这么软弱和愚蠢，以致误解了自己的经验，怀疑了盟会，认为"东方之旅"是个失败，而且以为自己是一篇已有结论而被遗忘的故事的幸存者和记述者，其实我只不过是一个亡命者、一个叛徒、一名逃兵而已。这种认识含有惊讶和快乐。我站在那里，渺小而谦卑，在宝座的脚下，我曾一度被接纳为盟会的一名弟兄，从那里我曾一度接受我的见习生仪式，领受盟会的戒指，并立刻被派遣到在旅途上的里欧那里。在这一切事情当中，我觉察到一个新罪过，一个新的无法解释的损失，一个新的耻辱，那就是我不再拥有盟会的戒指。我丢掉了它，我不知道是在什么候或什么地方，而且一直到今天，我都没想到过它！

同时，那位会长，那位披金衣的里欧，开始用他那美丽、温和的声音讲话；他的言语柔软而舒畅地传到我这里，有如阳光一般。

"这名自我控诉者，"这些话是从宝座传来的，"已经有机会把他的一些错误去掉。反对他的话有很多可以说。他不忠于盟会，他以自己的缺点和愚行来谴责盟会，他怀疑盟会的一脉相承，他怀有成为盟会历史家的奇怪野心，这些也许都可以思议而且很可以原谅。这一切对他并没有太大的不利。如果这位自我控诉者准许我这么说的话，它们只不过是见习生的愚昧，都可以一笑置之。"

我深深地吐了一口气。有一个淡淡的微笑传遍了这个显赫的集会。我最严重的罪过，甚至于连我对于盟会不再存在以及我是留下来的唯一门徒的这种错觉，主席都认为仅仅是"愚昧"，是琐碎的小事，这使我如释重负，而同时很明确地

180

把我送回到我的出发点。

"但是，"里欧继续说，他温柔的声音现在是忧伤而严肃的——"还有许多归咎于被告的更为严重的过失，其中最坏的是他并没有为这些罪过控告自己，而显然不知道这些罪过。他深深后悔在思想上对不起盟会。他不能原谅自己未能在仆人里欧的身上认出会长里欧，而且正要明白他对盟会不忠的程度。但是虽然他对于这些罪恶的思想和愚行看得太认真，而只不过刚刚放心地发觉这些都可以一笑置之，他却冥顽地忘记了他的真正过失。这些过失为数众多，其中的每一个都严重到应当接受严厉的惩罚。"

我的心很快悸动起来。里欧转向我："被告 H.，以后你会洞察到你的错误，而且我们会指示你将来如何避免这些错误。不过，为了向你展示你对自己处境的了解之稀少，我要问你：你记得你走过镇上，是由担任信使而不得不把你带到宝座面前来的那位仆人里欧陪着吗？是的，你记得。你记得我们如何经过市政厅、圣保罗教堂和大教堂，以及那位仆人里欧如何进到大教堂里，以便跪下来祷告一会儿，而你不但没跟我进去，遵照你的盟会誓约的第四条来执行你的奉献，反而留在外边，无奈又无聊，等待着对于你似乎是没有必要，对于你自私的耐心只不过是一项讨人厌的考验的那项冗长仪式的结束吗？是的，你记得。仅以你在大教堂门口的行为，你就已经违反了盟会的基本要求和习俗。你蔑视宗教，你瞧不起一位盟会弟兄，你不耐烦地拒绝了祈祷和冥思的机会与邀请。要不是在你的案子中有特别情有可原的情节，这些罪将是不可宽恕的。"

他现在说到要点了。现在每一件事情都会说出来，不会再有次要的问题，不再仅仅是愚行。他说得非常对。他打击着我的心。

"我们不想把被告的错误全盘数出来，"会长继续说，"他不会照章受到判决，而且我们知道，只要我们提醒，就可以唤醒被告的良知，使他成为一名悔过的自我控诉者。

"尽管如此，自我控诉者 H.，我劝你把你的其他行为提一些出来，让你的良知裁判。我是提醒你，在那个晚上你造访仆人里欧，巴望他会认出你是一位盟会弟兄，这是不可能的，因为你已经使自己不可被辨认为一位盟会弟兄？我要提醒你，你自己跟仆人里欧所说的那些事情吗？关于你出售了小提琴的事情？关于你过了很多年的那种可怕、愚蠢、狭隘、自杀性的生活？

"还有一件事情，盟会兄弟 H.，我不应该保持缄默。很可能在那天晚上，仆人里欧对你做了一件不公平的事情。让我们假定他做了吧。仆人里欧也许是太严峻，太有理性了；也许他对于你和你的境遇，没有表现出足够的容忍和同情。但是还有比仆人里欧更高的权威和百无一失的法官在场。那只动物对你的判决如何呢，被告？你记得那只狗涅克吗？你记得它拒绝过你，谴责过你吗？它是不贪污受贿的，它不偏祖，它不是盟会的弟兄。"

他停顿下来。是的，那只德国牧羊犬涅克！它的确拒绝过我，谴责过我。我同意。我已经由那只狗，已经由我自己，加以判决了。

"自我控诉者 H.，"里欧又开始了，从他的外袍和天篷的金光中，他的声音现在是冷静、响亮而清晰地传出来，有如在最后一幕中，出现在唐·乔凡尼门口的那位司令官的声音，"自我控诉者 H.，你聆听了我的话。你同意了我的说法。我们猜想，你已经给自己做出判决了吧？"

"是的，"我轻轻地说道，"是的。"

"我们猜想，你加在自己身上的是一项不利的判决吧？"

"是的。"我嗫嚅道。

里欧于是从宝座上起身，温柔地伸出双臂。

"我现在求你们，我的执事。你们听到了，而且也知道了盟会兄弟 H. 的事情。许多事情对于你们来说并不陌生，你们有很多人必然都亲自体验过了。被告一直到此刻才知道，或者才能真正地相信，他的背教和越轨是一项考验。有很久的时间，他没有屈服。他忍受了很多年，对于盟会一无所知，孤零零地留下来，看到他所相信的每一件事物都成为废墟。最后，他再也无法隐瞒和自制了。他的苦难变得太大了，而你们知道，一旦苦难变得够激烈，一个人就走出来了。H. 兄弟在他的考验中被引到绝望，而绝望是想要了解和辨明人生的每一项热心企图的结果。绝望是想要以美德、正义和理解来度过一生，并且满足它们的要求的每一项热心企图的结果。孩子们生活在绝望的一边，醒悟的人则在另一边。被告 H. 不再是个小孩子，也还没有完全醒悟。他仍在绝望当中。他会克服它，而借此度过他第二次的见习时期。我们欢迎他重新加入盟会——对于盟会的意义，他不再说他了解了。我们把他遗失而由仆人里欧替他保管的戒指归还给他。"

主席拿出戒指来，在我的面颊上吻了一下，把戒指戴在我的手上。我一看到那枚戒指，一感到它的金属凉意触到我的手指，我就想起了一千种事情，一千件不可思议的疏忽。尤其重要的是，我想起了那枚戒指被四颗宝石均匀地隔开，而盟会的一项规则，也是誓约的一部分，就是要把那枚戒指慢慢地在指头上转动，至少一天一次，而转到四颗宝石中的一颗的时候，就要想到誓约中的四条基本箴言之一。我不但失落了戒指，连一次都没想到过它，而且在那些可怕的岁月当中，我也不再复诵那四句基本的箴言，或是想到它们。立刻，我试着在内心把它们再念一次。我对于它们有一个概念，它们还在我身上，有如一个名字一般地属于我——这个名字一个人一下子就可以想起来，但在那个特别的时刻却记不起来了。不，我的脑子里默不作声，我不能够复述那些规则，我已经忘掉了如何措辞。我已经忘掉了那些规则。好多年来，我都没有复述过，好多年来我没有遵守它们或把它们奉为神圣——然而我还自认为是一名忠实的盟会兄弟哩。

看到我不安而深感惭愧，主席就亲切地拍拍我的手臂。然后我又听到会长说话："被告和自我控诉者 H.，你被宣告无罪了，但是我必须告诉你，在这一种案子中被宣告无罪的弟兄，一旦通过了信心和服从的考验，就有义务进入执事们的行列，并且占据他们的席位之一。他有选择考验的权利。现在，H. 兄弟，回答我的问题！你预备驯服一条野狗，作为树立信心的考验吗？"

我恐怖地退缩。

"不，我办不到。"我叫起来，走开去。

"你预备而且愿意一接到我们的命令，就烧毁盟会的档案吗？就像我们的主席现在在你的眼前焚烧其中一部分那样？"

主席走向前去，把手伸到排列整齐的档案橱中，双手抽出来的时候满是文件，好几百份的文件，而使我恐怖的是，他在一个煤炭锅上把它们烧掉了。

"不，"我说着，往后退缩，"这个我也办不到。"

"小心，兄弟，"会长叫起来，"留心啊，鲁莽的兄弟！我是以需要最少的信心和完成最容易的任务开始的。往后的每一项任务将越来越困难。回答我：你预备而且愿意查阅档案中有关你的文件吗？"

我冷了半截，屏住气，但是我懂了。每一个问题将越来越困难，而除了每况愈下之外，别无退路。我深深地吸了一口气，站起来说："是的。"

主席带我到摆着数以百计的档案橱的那些台子旁边。我找了一下，找到了字母 H。继而找到了我的姓，而首先看到的是我的祖先欧邦的名字——四百年前，他也是盟会的一员。然后是我自己的名字，上面有这个注：

Chattorum r.gest.XC

civ.Calv.infid.49.

这张纸在我手里抖动着。同时，那些执事一个一个地从座位上起身，向我伸出手来，直视着我的脸，然后就走开了。宝座空下来了，而最后会长也下了御座，向着我伸手，直视我的脸，露出他那虔诚的、仁慈的、教皇般的笑容，最后一个离开了大厅。我单独留在那里，手里拿着指点到档案室去寻找资料的那张条子。

我无法立刻去查阅有关我自己的那些档案。我犹豫不决地站在空无一人的大厅中，看到延伸得很长的那些箱子、纸板、架格和橱子，那些我可以接近的一切有价值的知识的累积。然而由于求知的热望，也是由于害怕看到自己的记录的那种恐惧，我让自己的私事等一会儿，以便先知道一些对我和我的东方之旅故事来说，重要的事情。的确，我早就明确知道我的故事已经受到谴责和处分，而且我永远不会完成这篇故事。尽管如此，我还是感到好奇。

我注意到在一个档案橱中，有一份没归好档的备忘录从其他的卷宗里突出来。我走过去，抽出那份备忘录，上头写着：

莫比欧·茵菲里欧

没有别的标语能够更简洁、更准确地表达出我的好奇程度了。我的心跳得很快，同时在档案中查那个位置。那是含有颇多文件的档案的一部分。顶端放着的是一份取自一本意大利古籍的有关"莫比欧·茵菲里欧"的叙述，接着是一张四开纸，有简短的注解，说明莫比欧在盟会历史上所扮演的角色。所有的注解都提到"东方之旅"，而且的确也提到我所隶属的基地和小组。这里记载说：我们这一组曾在旅途中到达莫比欧，在那里它受到了一项考验而没有通过，那就是里欧的失踪。虽然盟会的规律应该可以引导我们，虽然在一个盟会的小组失去领导者的时候，那些箴言仍然有效。而且在旅行一开始的时候就灌输给我们，但是从我们的整个小组发现里欧失踪的时候起，它就失去了头脑和信心，起了怀疑而进入无益的争论。到后来，这整个小组违背了盟会的精神，分成党派而散伙。对于莫比欧之祸的这篇说明不再令我感到惊奇。另一方面，当我继续读下去，读到了有关我们小组分裂的后续，我们的盟会弟兄当中，不下三位曾经企图写一篇有关我们的旅行的报告，而且描写了莫比欧事件，这就叫我极为惊奇了。我是这三人当中的一个，而我的原稿有一份很好的副本就收在这一部分。我以最奇怪的情感把另外两篇读完。基本上，这两位作者所描写的当日事件，跟我的大同小异，然而在我读来却又那么迥然不同！我在其中的一篇读道：

　　仆人里欧的失踪突然而可怕地给我们揭示：到现在
为止把我们在表面上的团结一致加以粉碎的那种纷争和
困惑，及其所达到的程度。的确，我们当中有些人立刻
就知道里欧既没有遇害，也没有逃走，而是被盟会的执
事们秘密召回。然而我们当中没有一个人，能够想到我
们在这项考验中的表现如此拙劣，而不感到最深切的悔
恨和惭愧。里欧才离开我们，我们之间的信心与和谐就
完结了。好像我们小组的生命之血，从一个看不见的伤
口流失。首先是意见分歧，接着是对于最无用、最荒唐
的问题的公开争吵。例如，我记得我们那位很受人欢迎，
而且值得称赞的唱诗班教师 H.H. 突然坚持说：失踪的里
欧除了其他有价值的物品之外，也在他的袋子里带走了
那件古老的神圣文献——大师的原本手稿。这个说法被
大家热烈地争论了好几天。从象征的观点来看，H. 的
荒谬断言是有真正了不起的意义的；的确，盟会的繁荣、
全体的团结，仿佛都随着里欧离开我们小组而完全消失
了。这同一个音乐家 H. 就是一个悲惨的例子。直到莫
北欧·茵菲里欧失踪那天，他是最忠心、最诚实的盟会

189

兄弟之一，也是一位受人欢迎的艺术家，尽管人品上有许多缺点，他却是我们最活跃的会员之一。但是他复归于忧思、颓丧和疑惑之中，对于他的责任变得疏忽不堪，开始变得偏执、神经质、好争吵。有一天，当他终于留到队伍后面而不再露面的时候，没有人想到为他停下来，去寻找他。那显然是一个逃亡的例子。不幸，他并不是唯一的一个，而最后我们的旅行小组就一无所剩了……

我在另外一位历史学家的作品中发现了这一段：

　　正如古罗马在恺撒死亡之后崩溃，或是全世界的民主思想在威尔逊抛弃旗帜时瓦解那样，我们的盟会在不幸的莫比欧之日也四分五裂了。就可以提到的过失和责任来说，有两名显得无害的会员要为这次崩溃负责，那就是音乐家 H.H. 跟仆人之一的里欧。这两个人以前都是盟会受人欢迎的忠实会员，虽则他们对于盟会在世界历史上的意义缺乏了解。他们有一天不留任何痕迹地消失了，把许多贵重的物品和重要的文件带走，可见这两个坏东西都受到盟会敌人的贿赂……

如果这位历史学家的记忆是这么混乱而不准确——虽则，他显然是很有诚意地，而且自信是完全真实地，作了报告——我自己的摘记，其价值又如何？假定我们找到由其他作者所写的另外十篇有关莫比欧、里欧跟我自己的叙述，说不定它们全都彼此抵触，互相谴责。不，我们在历史上的努力是没有用的；要继续写下去和读下去是没有意思的。一个人可以悄悄地听凭它们在档案室的一角积满尘埃。

想到了在这个钟头我还要研读的东西，一阵战栗就传遍了我的全身。在这些镜子里，每一件东西跟每一个人都多么偏差、变异和歪曲，在这一切报告、反报告和传说的背后，真理之脸如何嘲讽而不可及地隐藏起来！还有什么是真理呢？还有什么是可以相信的呢？而当我也从这些档案所储存的知识中，获悉了有关我自己，有关我自己的人品和历史的时候，还有什么东西会留下来呢？

我必须对任何事情都有所准备。突然，我再也忍受不了不安和悬疑了。我赶快到"既做事件"的那一部门，寻找我的编号，而站到标着我的名字的那一部分的前面。这是一个壁龛，而当我拉开薄幕时，我看到里面并没有任何书写的东西。里面只有一尊偶像，一具用淡颜色的木头或蜡做的苍老而满脸倦容的模型人。它宛如一种神祇或是蛮人的偶像。乍看之下，我觉得莫名其妙。它是一尊实际上是由两个部分构成的塑像，有一个共同的背部。我观察了它一会儿，感到失望和讶异。然后，我注意到壁龛的墙上有一座金属烛台，上面有一根蜡烛。那里有一个火柴盒。我点燃了蜡烛，那尊奇怪的双重塑像被照亮了。

我慢慢地才明白过来。慢慢地，渐渐地，我才开始疑心，然后察觉到它打算代表的东西。它所代表的形象是我自己，而这尊我自己的像令人不愉快地衰弱和半真半假。它有模糊的相貌，而在整个的表情上，有某种不稳定、衰弱、垂死或想死的东西，看起来颇似一尊可名之为"无常"或"腐化"的雕像，或某种类似的东西。在另一方面，跟我的像连在一块成为一体的另一尊像，颜色和形状都很有力，而我刚刚开始了解它像谁——那就是说，像仆人和会长里欧——我就发现墙上有第二根蜡烛也照亮着它。我现在看到这尊双重的塑像代表的是里欧跟我自己，不但越来越清楚，并且每一个塑像也越来越像，同时，我也看到那些塑像的表面是透明的，可以看到里面，就像一个人能看透一个酒瓶或花瓶的玻璃那样。在这些塑像的内部，我看到有什么东西在动，缓慢地，极为缓慢地，像一条睡着了的蛇一样地移动。那里发生了什么事，好像有一种缓慢、平滑而不断流动或溶化的东西；

的确，有某种东西从我的塑像溶化或灌注到里欧的塑像。我看到我的塑像正在增添跟注入里欧的塑像，滋润它，加强它。仿佛到了后来，来自一个塑像的一切物质将流到另一个里头，而只有一个会留下来——里欧。他必兴旺，我必衰微。

当我站在那里观看，想要弄明白我所见到的东西时，我想起了在布连加登的节日中，有一次跟里欧的短短交谈。我们谈到诗的创造物比诗人本身更加生动，更加真实。

蜡烛暗淡下去，熄灭了。我被无限的疲乏和睡眠的欲望征服。我转开去，寻找一个可以躺下来睡觉的地方。

后记

"在青年时代，我常常旅行，我喜爱的国家是意大利。1911 年，我去了印度……对于古代印度和古代中国的研究，就如同我父母的家庭浸染着的虔诚的基督教一般，给予我极大的影响。我的政治信仰是属于民主的，我的世界观则属于自我主义者。我毕生所孜孜从事的，吸引我以及实际上塑造我的，并不是社会问题，而是个人的难题。我所深恶痛绝的，就是那企图使个性屈居于传统群众逸乐下的新历史。"这段话出自赫尔曼·黑塞的自述。

黑塞于 1877 年 7 月 2 日诞生在德国黑森林的卡尔夫，一个虔诚的清教徒家庭里。他的父亲约翰涅斯·黑塞（Johannes

Hesse），还有他的祖父，都是曾经在印度布道的传教士。当黑塞13岁的时候，他就决心成为一名诗人，而对学校的功课失去兴趣，结果被迫离开莫尔布龙（Maulbronn）的神学预备学校。后来，在类似的情形下，他又离开位于坎斯塔特（Cannstatt）的高等学校。可是当他在卡尔夫当锁匠，以及在图宾根和毗邻德法边境的瑞士城市巴塞尔做书贩的那些日子里，他却又狂热地以阅读来教育自己。

黑塞的故乡卡尔夫是个充满田园美景的地方，也是他早年许多小说的背景。他的第一部小说是《赫尔曼·洛雪尔》（*Hermann Lauscher*，1901），但他的第一部成名之作是《乡愁》（*Peter Camenzind*，1904，即《彼得·卡门青》），而自此书获得成功之后，他就一直以鬻文为生，未再从事他业。《乡愁》和《在轮下》（*Unterm Rad*，1905）一样，都是以直接而迷人的体裁写成的。两者都显示出黑塞以会心和敏锐的观察，来回忆他童年时代的省区景色与气氛的能力。《乡愁》叙述一个来自高地的梦想家的故事。彼得·卡门青首先在巴黎恣肆于艺术家的颓唐生活，后来终于在圣方济各（中世纪意大利之名僧，但丁《神曲》乐园篇之第十一曲就是颂赞他的）的精神中，找到了他所渴望的率真的内心生活。

黑塞的早期小说，其特色是文辞富于音乐性，描摹自然风光笔调精细微妙，譬如《在轮下》就是如此。《在轮下》是一本浪漫派的小说，以青年的冲突为主题，叙述一个年轻小伙子从过度紧张的苦读中崩溃下来，结果把自己淹死了。还有在短篇小说集《邻人》（*Nachbarn*，1908）里，黑塞以类似瑞士小说家戈特弗里德·凯勒（Gottfried Keller，1819—1890）的同情与幽默的笔触，描绘出小镇的生活。但是黑塞的特性表现得格外鲜明的是那本动人的《漂泊的灵魂》（*Knulp*，1915）。在这本小说中，那位受人爱戴的漂泊者，给每一个人带来了幸福以及对自由的些许憧憬，最后却在与上帝谦卑地争论他生命之"无用"的那场暴风雪中死去。在这里以及在别的故事中，年轻的黑塞都赞美童年，认为童年是人类在一生当中，唯一可以放纵自己恣情于天真烂漫之中，以及过一种丰满生活的时期。等到我们一跨过青春期的门槛，生命对于我们就再也不会跟往日一样了，例如《美丽的青春》这篇小说，就弥漫着一丝淡淡的哀愁与追忆畴昔的柔和忧郁。

1910 年问世的小说《生命之歌》（*Gertrude*，即《盖特露德》）与上述各种亦无二致。他选择了亲切而平淡的小镇生活为题材，又一次证明了他对于回忆往事的兴趣。总之，在这些早期的作品当中，黑塞以温暖而优雅的笔调，刻画出美妙无比的故事。

1904 年，黑塞娶了巴塞尔姑娘玛丽亚·佩诺莉（Maria Bernoulli）为妻。但在 1911 年，他离开了他的妻子和三个儿子，还有那坐落在康斯坦茨湖畔的美丽家园，决定到印度去旅行。黑塞婚姻的不如意，可以在他的小说《艺术家的命运》(Rosshalde，1914，即《罗斯哈尔德》) 中看出来。书中的名画家约翰·维拉古特（Veraguth）所遭遇到的婚姻生活的龃龉，正是他自己婚姻生活经验的反映。

第一次世界大战的来临，对于黑塞是一个充满幻灭之苦的经验，同时也使他陷入最严重的危机中。当他对可怕的流血与仇恨公开表示遗憾时，人们却视他为叛徒而疏远了他。于是他就更深一层地探求他自己的灵魂，而充分地负起个人对于蔓延在欧洲的残暴行为的责任。1912 年黑塞迁居瑞士。1919 年，他搬到瑞士南部风光明媚的卢加诺湖附近一个名叫蒙塔诺拉的小镇定居，但在此之前，他客居瑞士首都伯尔尼——一个心理分析的中心。在大战之后，黑塞的作品进入后期，变得更为表现主义化，同时也流露出他对于现代心理学的浓厚兴趣。他那本轰动一时的心理分析小说《德米安》(1910)，给从战争中归来的青年们很深刻的印象。用微妙而锐利的洞察力，黑塞追随着一个敏感人物的心理发展，从儿时直到青春时代，从反抗到心灵的孤独，一直到某些玄奥的力量引导他到伊娃夫人那里去——她以秉有创造力和包容一切的象征出现。

黑塞跟他父亲的正统世界的关系，以及诗人对于印度神秘主义的全神贯注，都反映在《悉达多》（*Siddharta*，1922）一书中。这是一本自传性质很浓厚的小说，根据他在印度的旅行，写出父子之间的关系，以及从印度神秘主义中所获得的自我之发现——一个儿子远远地离开了父性的智慧，而在寻觅到精神上的自我以前，却不由自主地沉湎于世俗的生活中。

《荒原狼》（*Der Steppenwolf*，1927）是黑塞最未受克制和最不均匀的作品，书中的故事发生在大城市的享乐世界，是对我们这个没有教化的时代的严厉指控。它揭示了紧靠在我们有教养的自我之旁的那种潜伏着的、如野狼和地狱般的天性。书中的主角哈利·哈勒就是"荒原狼"，他是温和与残酷的混合。在早期的作品中，黑塞避免描写强烈的冲突，但在后期的小说里，他却叙述"群众"对于个人及其创作力的压制。在《荒原狼》以后的作品中，黑塞牺牲他早期的浪漫主义，而强调古典的传统。

1930 年出版的《精神与爱欲》（*Narziss und Goldmund*，即《纳尔齐斯与歌尔蒙德》）是一本杰作。纳尔齐斯是修道院的院首，也是一位苦行的学者。他生活在一个高超的抽象思想的世界里，与他宠爱的弟子歌尔蒙德恰成对比。歌尔蒙德离开修道院去体验人生的苦痛，而在可以致人于死的危险与罪愆中，以及接二连三来向他示爱的女人的世俗狂欢里，得到了许多经验。这两个人——一个是思想家，另一个是富有创意的艺术家——每人都以自己的方式去侍奉上帝，而两人之间则以相互谅解来维系关系。

黑塞的小说，除了上述者外，还有许多中篇和长篇问世。其中最重要的要推笔者所译的《东方之旅》（*Die Morgenlandfahrt*，1932），以及公认是他的伟大代表作的《玻璃球游戏》（*Das Glasperlenspiel*，2 vols，1943）。

《东方之旅》是黑塞写作生涯成熟期的代表作之一。这是一本自传气息很浓郁的作品，技巧纯熟，寓意深刻，令人读后如嚼橄榄，回味无穷。黑塞借用 18 世纪传奇式的"盟会小说"，写成这部 20 世纪托意文学（allegory）的杰作，娓娓地叙述主人翁 H.H.（这是黑塞姓名的首字母，因此也很明显地影射作者自己）的追寻。"追寻"在古今中外的文学中都是一个非常重要的主题，像屈原的《离骚》所叙述的也是一种追寻。虽然有许多伟大的文学作品是以"追寻"为主题，但这并不是说它们是全然雷同或大同小异的，因为追寻的对象有所不同，有的追求财富、美人、权力、名誉，有的追求知识、真理、圣洁、永生等等，不一而足，而追求的结果也有所不同，有的成功，有的失败。不过，有一点几乎相同的，那就是追寻的经过总是有许多挫折或曲折，《东方之旅》也不例外。《东方之旅》是写 H.H. 寻道的经过，一波三折，吃尽了苦头，到最后才悟出了道。他的追寻历程可以分成三个境界：第一个境界是天真烂漫的境界，这在《东方之旅》的第一章有很动人的叙述；第二个境界是怀疑的境界，这在《东方之旅》的第二、三、四章有淋漓尽致的描写；第三个境界是悟道的境界，这需要 H.H. 不断地追寻，不断地遭受挫折，走尽了崎岖的道路，最后才能达到的最高境界。这种悟道的境界在《东方之旅》的第五章，亦即最后一章，以象征的手法，很巧妙地表达出来。

黑塞的诗也久负盛名，如《浪漫之诗》（1898 年）、《孤独者的音乐》（1915 年），以及附有他自己做插图的《画家的故事》（1920 年）。但是他最驰名的诗集要算是《夜晚的安慰》（1929 年）和《诗集》（1942 年）了。他的诗有的阴沉，有的绚丽，有的如牧歌，都是音调和谐优美之作，而以微妙的象征来显示其深邃。由于这些诗篇都浸渍在德国浪漫主义的传统之中，但又十分现代化与具有个性，故颇受读者欢迎。

黑塞的散文也相当有名，主要作品有《查拉图斯特拉的归来》（1920年）、《混沌一瞥》（1920年）、《小观察》（1928年）、《欧罗巴人》（1946年），以及《战争与和平》（1946年）。此外并有《书信集》（*Briefe*，1927—1951）流传于世。尽管黑塞从1923年就加入了瑞士籍，并且一直到他1962年8月9日去世时都定居在这个国度，但一般人仍然把他看作德国作家。这位曾受尼采思想影响的大文学家，除了写作之外，还嗜好园艺和水彩画。他穷毕生之力，献身于现代文坛，是一位不可多得的谨严作家。他的思想不像托马斯·曼那么锋利，也不像卡夫卡那样浸淫于生命的悲剧中，然而就散文作家而论，他跟他们不分轩轾，而且在整体表现上，他是更能抚慰人心的。

　　黑塞作品的风格的发展，是从抒情引到叙事，由主观变为客观。从一开头，他就运用一种特殊的技巧：他以两个渐渐相互接近以寻求和谐的相异人物，来描绘极端的事物。但在他的晚年作品中，我们可以发现许多内心的独白和抽象的象征。黑塞被认为是"德国最后的浪漫主义者"，他也是一位伟大的自我主义者。有关精神上孤独的问题，一次又一次地出现在他的作品中。这些问题构成了一种持续的力量，用来发现他自己，因为"人的灵魂是他的命运"。

我的小传

黑塞，1925 年

战后最初几年，我曾经两度用童话、半幽默的形式写了概观自己一生的文章，因为那时朋友们认为我有点难以了解。其一是《魔术师的童年》(*Kindheit des Zauberers*)，这篇文章很合我意，但仍是片段的。另一篇是以让·保尔 (Jean Paul) 为榜样，以预测未来的方式尝试写的《猜想传记》(*konjektural biographie*)，1925 年刊载于柏林《新评论》(*Neue Rudschau*) 杂志上，本文即为该文略作修改之作。

多年以来，我设法把这两篇作品连接起来，但是最后还是找不出可以把这两篇基调和情绪完全不同的作品结合起来的方法。

在近代即将结束的时候，中世纪复活开始前不久，射手星座当令，朱庇特星温煦照耀下，我诞生了。这是7月煦和的日子，离黄昏还有一段距离。当时的温度是我一生都喜爱不已、不断追求的温度，温度一降低，那就极其烦恼。在寒冷的国度，简直无法活下去，以前我喜欢旅游的地方都在南方。

我的父母信仰笃诚，我也深爱父母。如果不是被过早地教导摩西《十诫》中的第四诫的话，我大概会更深爱他们。劝诫的言辞不管出于怎样的诚正善意，遗憾得很，只能给我索然无味的印象。我这个人就像天生的羔羊，像肥皂泡那样柔顺。但是一碰到劝诫的话，不管什么类型，我总以反抗的态度处之，少年时期尤其如此。只要听到"你要这样做"的话，我的心立刻就变得桀骜不驯。这种特性给我的学生时代带来极不利的影响，读者大概也想象得到。

在世界史这门趣味盎然的课程中，老师告诉我们，世界经常自造法则，并受破除传统戒律的人支配、指导、改变。又说，这类人才值得尊敬。但这说辞跟其他的课程一样，全是假话。因为如果我们当中有人不管是善意还是恶意，一旦拿出勇气，反抗某些戒律或无聊的习惯和时尚时，不但不会受到尊敬，或被推奖为全校的模范，反要遭受处罚，受尽嘲弄，被老师们战战兢兢的优越性压制下去。

幸好，早在开始学校生活之前，我已拥有活在世上最重要、最有价值的东西。我有敏锐、细腻、精微的感知能力。由于这种感知力，我才能获取许多乐趣。后来，由于抵不住形而上学的诱惑，我的感知力曾经一度受到压制和忽视。但是，在润物无声中养成的感知世界的能力，经常包围着我，尤其是视觉和听觉，在我的知性世界中发挥着重要作用，虽然后者看起来很抽象。

因而，如前所述，早在学生生活开始以前，我便穿上了一副铠甲。故乡的城镇、鸡舍、森林、果园、职工的工作场，我都非常熟悉，树、鸟、蝴蝶也都认识，我会唱歌，也能吹口哨。此外，活在世上所需要的各种事情，我都懂得。学校的学问也应该加进去。对我来说，这很简单，也很有趣，在拉丁文里，我更能发现真正的乐趣。大概就是在那时候，我开始写德文诗和拉丁文诗。

学校生活的第二年，我学会说谎的技巧，悟得交际的秘诀，这应归功于一个教师和一个助教。在这以前，由于孩子的诚实和易于相信人，我接二连三遭遇了悲惨的命运。这两个教育家很快就让我了解到，教师并不是要学生诚实和爱真理。我被迫将一种不规矩的行为嫁祸他人，这本是一件微不足道的事，但我却因这件小事受到过分的审查。于是两个教师责骂我、打我，最后我还被迫写坦白书。这样做，不仅没有让我悔过，反而令我怀疑教师阶级的品格。

然而可贵的是，我也慢慢地认识了几位真正可敬的像教师样的教师，但伤痕仍然无法痊愈。不仅学校的老师和我的关系，就是一切权威跟我的关系也被扭曲，格格不入。不过，大致说来，学生生活最初的七八年间，我是善良的学生，至少名列前茅。一个人要完成自己的人格，一定会同周遭发生冲撞，当这场不可避免的战斗开始时，我也渐渐和学校产生了冲突。但真正懂得这种战斗的意义，要到二十年以后。当时只知战斗，我已被无望包围，引发了可怕的不幸。

事情是这样的，十三岁那年，我清楚地知道，我要做个诗人，我不想从事其他任何职业。但是，慢慢地又加入了其他痛苦的想法。谁都可以当教师，做牧师、医生、工人、商人和邮递员，也可以成为音乐家、画家和建筑师。通向社会上各种职业的道路都已筑好，从事这些职业的条件也都具备。有学校，也有指导初学者的教授。可是，唯独诗人没有这条门径！以诗人存在，以诗人扬名，才应是可被允许的，甚至才算是光荣的。遗憾得很，他们往往是抱憾而死的居多。

做诗人已不可能，想当诗人，正如我很快就发觉的，几乎是一件可笑的事，也是一个丢人现眼的话柄。所以，我只好开始学习该学的事。简单说，诗人是一种存在，但不是可以通过学习而成为的。

不只如此，甚至爱好文学和自己特有的文学才华，也被老师怀疑，被人妨害和轻视，有时还遭遇到令我羞怯欲死的命运。诗人的命运跟英雄的命运一样，也和一切刚健美丽、意气非凡的人物和努力一样。换句话说，在过去，他们都非常卓越，所有学校的教科书都在赞美他们，但是在现在和现实中，他们都是被憎恶的。教师被训练出来，大概只是为了阻碍杰出自由的人成长及伟大光辉业绩的达成罢了。

因而我知道，我和我的遥远目标之间只有地狱。一切对我都不确实，一切都已丧失其价值。只有一个事实，是千真万确的，我想作诗，不论难易，不论荣辱，总之，我想做个诗人。这种决心——毋宁说这一宿命——的外在结果就是这样的。

我十三岁的时候就开始和学校发生冲突。那时候，我的品行不管是在家里还是在学校，都有很多可訾议之处，因而被流放到别镇的拉丁文学校。一年后，就读于神学校，学习希伯来文字母的写法。正当我要弄明白"dagesh forte implicitum"的意思，就在那时候，突然内心兴起一阵激烈的暴风雨，我逃出了神学校。结果遭受到监禁的重罚，于是，我向神学校道别了。

过后不久，我尽力想在一所高级中学继续我的学业。在此，结局也是监禁与退学。此后有三天，我在商人那里当见习生，旋即逃离，藏了几天几夜，让父母极为担心。其后半年，我做父亲的助手。又在机器工场和座钟制造厂见习一年半。

总之，有四年半以上的时间，我做什么都非常不顺利。学校待不下去，当学徒也不能持续长久。各种想让自己成为有用之人的尝试都归于失败，而且以污名、可耻、逃亡和放逐结束。不管到哪里，人家都承认我有好天分，甚至认为我有一些真诚的意志。加上，我一直都是一个特别肯读书的人，虽然我一直对怠惰的美德表示敬意，但是，在怠惰这一点上，我从未掌握它。

十六岁那一年，上学不很顺利，我自觉地开始自习，而且全力以赴。家里有祖父的庞大藏书，真使我高兴愉悦，觉得幸福无比。客厅排满了旧书，十八世纪的德国文学与哲学莫不齐备。十六岁到二十岁这几年，我不仅写了许多早期的试作，也读了大半的世界文学，对艺术史、语言学和哲学也耐心地啃读。这大概足以弥补正规的研究了。

之后，我当了书店店员，足以赚取面包维生。总之，我跟书本的关系比跟木螺丝和铁轮衔接的关系更深、更密。起初，我涵泳于新发行的和现代的文学书中，啊，不，可以说是完全沉迷于其中。这种乐趣几乎如醉如痴。当然过不久，我发觉，像现在这样生活在最新的书中，精神上是难以忍受而无意义的；只有跟过去的作品、历史的事、古老的作品和原始世界不断发生关系，才是使精神生活可能维持下去的方法。

于是，刚开始时的那股乐趣逐渐消失，深觉应由新刊书的泛滥中回归到古籍。因而，我由新书店转向旧书店，将计划付诸实施。但是，只有在必须维系生命的时候，才忠于职业。

二十六岁时，由于最初的文学成就，我放弃了这项职业。

接着，我又遭遇了许多风浪和波折，忍受了种种的牺牲，终于达到了目标。虽然一般人认为简直不可能，但最后我还是成了诗人，看来好像也战胜了与社会长时期的艰苦战斗。在学时期与成长时期，我屡次濒临毁身的绝境。这种苦涩的回想现在已经被忘得一干二净，甚至能含着微笑来重加陈述。以前对我深表绝望的家人和朋友，现在都以笑靥相向。我胜利了。现在无论做了什么蠢事或无聊的事情，世人都认为了不起，我自己也觉得非常舒服。我现在才发觉自己已在多么可怕的孤独、禁欲和危机中过了好几年。被世人激赏的温煦微风使我愉快，我开始成了一个心满意足的人。

我的外在生活有一段相当长的时间在平稳愉悦中度过。我有妻子、孩子、家屋和庭园。我写了几本书，被认为是可爱的作家，与世人和睦相处。1905 年，为了反对威廉二世的独裁，我帮助别人创办了一份杂志。不过，到最后，我仍然没有认真思考过这一政治目标，而且一直都在瑞士、德国、奥地利、意大利、印度旅游，看似万事顺畅无比。

1914 年的夏天终于来临了。突然间，内外的世界似乎都完全不同了。我知道，我们往昔的幸福是建立在不安定的基础上的。因而，苦难——伟大的考验开始了，所谓伟大的时代开幕了。迎接这伟大时代的我，很难说比别人准备得更周详，态度更安详明朗。那时候，我跟别人唯一不同的是，我缺乏大多数人所拥有的伟大慰藉——振奋。于是，我又回归到自我，并与周围的世界冲突。我应该再度进入学校，必须再度遗忘自我的满足，忘记安于社会现实。由于这一体验，我才跨过第一道门槛，走进生活中。

我不曾忘记过大战第一年的小小体验。为了能够主动、有意义地顺应这变化的世界，我去访问大野战医院。当时，我认为我一定适应得了。在这伤患医院中，我认识了一个独身的老妇人。她以前过着好日子，靠财产的利息生活，现在则在这野战医院中当护士。她以动人的振奋之情告诉我，能遭逢这伟大的时代多么值得骄傲与喜悦。我当然了解她的心情。因为对她来说，要使惰性、完全自私的老处女生活变成精力充沛、较有价值的生活，就需要战争。

但是，走廊上满是包着绷带、身体因中弹而扭曲的士兵，客厅内充满手足残缺的人与濒死的人，听她谈起自己的幸福，我真有窒息之感。纵使很了解这妇人的振奋，我仍然无法随她振奋，也无法肯定她的说辞。每当有十个伤患交给这位兴奋的护士时，她的幸福顿然间似乎就提高很多。

是的，我无法随着这大时代而兴奋。所以从一开始，我就在战争中尝到悲凉的痛苦。对于从外部、从晴朗天空吹来的不幸，我曾绝望地抵抗了好几年。我四周的人群全都疯狂地陶醉在这不幸之中。当我看到诗人们在战争中找到喜悦的新闻报道，读到教授们的呼吁和名诗人来自书房的战争诗时，更倍感悲怆。

1915 年的某一天，我公然地将这种悲怆的告白公之于世，在这告白中，我感叹精神生活者竟然除了强调憎恶、扩大谎言、赞美大不幸之外，毫无所能。我以相当慎重的态度表白这些不满，但在祖国的报纸上，我却被宣称为叛逆——这对我来说是新的体验。我跟报纸的接触虽然很频繁，但未尝一次受到这么多人的唾弃。这非难指斥的记载被我家乡的二十家报纸转载。我本以为在报社中有许多友人，却没想到他们当中只有两个人敢挺身出来替我辩护。

老朋友告诉我，过去他们心中都养着毒蛇，此后，这颗心只为恺撒（皇帝）和帝国而鼓动，不会为我这种堕落的人鼓动。从陌生人那儿也寄来许多侮辱我的信。出版业者告诉我，他们不愿与应被唾弃的作者来往。许多信的封套上都附有一个饰物，那是以前不曾见过的。这饰物原来是写着"神呀！请惩罚英国！"的小圆邮戳。

人们也许会认为，我又从心中嘲笑这种见解。但我并没有笑。这种看来不是十分重要的体验，结果却在我的一生中带来了第二次大变化。

在此，你大概会想到，我的第一次变化是在立誓要做个诗人的瞬间发生的。以前的模范生黑塞变成了不良学生，他受处罚，被退学，到哪里都品行不端，不仅自苦，也使双亲时时担心，因为他在周边世界（或者似平凡的世界）与自己心声之间找不到和解的可能性。同一现象又在战争中重新出现了。我发觉我又跟以前和睦相处的社会冲突了。

于是，做什么都不顺利，只好再度回到孤独悲惨的处境中。我的所思所为都遭受他人怀有敌意的误解。我看见，在现实与我寄望的美好理性世界之间横亘着绝望的地狱。

但是，这一次，我不能不内省。我知道，我必须把自己痛苦的责任求之于自我，而非求之于外界，因为我深深体悟到：指责世界疯狂与野蛮的权利，不在人，也不在神，更不在我。因而，如果我跟变移的社会发生冲突，那必定是由于自己有种种混乱。的确，我自己有混乱。在自己的内部攫住这种混乱，并试加整理，着实不是一件愉快的事。当时还有更明显的事，那就是我为了要跟世人和睦相处，不仅要付出极高的代价，而且还须跟世界的外在和平一样模棱两可。

由于青年时代漫长的艰苦奋斗，我不只在社会上赢得地位，也自以为现在已是诗人。可是，成功与幸福只给我平凡的影响，我满足、懒散。仔细观之，诗人跟通俗作家实在没有什么区别。我太顺利了。逆境经常是好的修业，对此，我必须讲求对策。于是，我慢慢学得将世上的纠纷委之于世事的推移，整体的混乱与罪恶已经和自己发生关联了。这一点可由我的著作看出，在此不用多说，必须读者自己去看。

现在，我仍然暗中怀着希望。我的民族中好像已经有很多人（虽非全部）慢慢觉醒，有强烈的责任，而且正跟我一样在进行检讨。大家心中都怀着疑问：对于不善的战争、不好的敌人、不良的革命，自己为什么也跟别人一起犯了罪，要如何方能脱罪呢？大家都不会再叹息或咒骂了吧。因为如果我们承认自己的苦恼与自己的罪，而不再委罪于人，我们总有一天会脱罪，会恢复洁白之身。

新的变化开始在我的著作和生活中出现，可是，大多数朋友都摇首，不敢苟同，舍我而去的人为数很多。这跟我失去家屋、家人以及其他财产和生活的方法一样，是我生活上的一种变貌。这段时日我每天都向过去告别，每天都觉得再也无法忍受，但我们仍然活下去，也不知为什么，我始终爱着这种只会带来痛苦、幻灭与损失的异样生活。

在此，我想附笔一句：战争中，我有幸运星或守护神之类的东西。我怀着苦恼，深觉孤独，而在那变化开始之前，时时认为自己的命运很不幸，也很可恨。可是，在这期间，苦恼和包围着苦恼的状态，反而成了我应付外界的守护者和铠甲，助我良多。因为我是在可厌的环境中度过战争的，那时，政客、间谍、股票商全麇集于我所在的瑞士首府伯尔尼。

这儿正是德国、中立国与敌国的外交集中地，因而一夜之间即人满为患，而且尽是外交官、政治密使、间谍、记者、囤积者与走私商人。

我生活于外交官和军人之间，还跟包含敌人在内的许多国家的人们来往。我四周的气氛已形成一个网，网中有间谍、双重间谍、侦探、阴谋和政治上的变动，但我在整个战争期间却完全没有注意到这一些。我被怀疑是间谍，我受到间谍的监视，我被敌国、中立国及自己国家的人怀疑。但这一切，我都丝毫未警觉。很久以后，我才略有所闻。在这氛围中，我为什么能够不受害，超然地活下去，自己也觉得奇怪。但这一切都已经过去了。

随着战争的结束，我的变化也完成了，试炼的痛苦也臻于极致。这痛苦跟战争与世界命运没有丝毫关系。对住在外国的我们来说，德国的败北早在两年前已确实预料到，所以一点也不觉惊奇。我已经完全闭锁在自我和自我的命运中，但我常常觉得这样才能和整体的命运发生关联。我也在自我中发现了世上的所有战争和杀机、一切轻薄、享乐和懦弱。我首先丧失了自尊心，接着又丧失了自我轻蔑之意。在混乱中，我有时满怀重睹自然与纯真的希望，有时却又丧失此一希望，最后只好一心一意凝视着这混乱。觉醒的人，真正自觉的人，都可能会有一次，甚至多次走过那通往荒野的狭道——将此事告诉他人，终究是徒劳！

朋友离弃我的时候，我常常觉得很悲哀，但没有不快，毋宁说我觉得这才是对自己所走之路的确认。这些老朋友对我说，你以前是个敏感的人，是个诗人，但你现在所提出的问题却如此无趣。是的，的确如此。当时，我已经顺利地超越了嗜好或性格之类的问题，已经没有一个人能懂得我的话。这些老朋友指责我，说我所写的东西已失去美和和谐。是的，他们说得没错。但是这一类说辞只会使我发笑，接受死刑宣告的人、被夹在断壁中拼死命往外逃的人，美和和谐究竟有什么意义？

如果违反自己一生的信念，我也许就不是诗人了。难道美的生活只是一种迷惑吗？为什么不是？连这点也不重要了。我闭目投身于地狱，这也是无聊而微不足道的。也许，我错估了自己的天职与才分。但这又有什么关系？以前，我洋溢着童稚般的喜悦，自以为这才是我的使命，但现在已经不存在了。从很早以前，我就无法在抒情诗、哲学这类专门性著述中观察到自己的使命，啊，不，毋宁说是救赎之道，我只能在自己内心的活动中看到那真正强而有力的一丝活力。同时，我也毫不保留地向我心中所感受的东西宣誓效忠，于是我发现救赎之道。这就是生命，就是神。

后来，跟生命有关的极度紧张时代过去，这一切似已发生奇妙变化，因为当时的内容与名称现在已经没有意义，前天的神圣事物，现在听来已近乎滑稽。

战争结束的那一年，1919年的春天，我隐居于瑞士的乡野，成为一个孤独的隐士。我一生中（这是父母与祖父母的遗传）不仅热爱印度和中国的智慧，也常引用东方富于象征的语词来表现自己的新体验，因而人们常称我"佛教徒"，当时我只一笑置之。因为在根本上，佛教比其他任何信仰都远离我。后来，我才慢慢发觉佛教也隐藏有一些正确的东西——真理。

如果能够依个人自由选择宗教的话，我一定会因内心的憧憬而加入保守性的宗教，亦即加入儒教、婆罗门教或罗马教会。但这不是来自天生的亲近感，而是来自与亲近感相对的憧憬。因为我刚巧生在虔诚的新教家庭中，同时从心情和气质来说，我也是一个抗议者（Protestant）。我对现在的基督新教深表反感，但新教与抗议者并不矛盾。真正的抗议者，从本质而言，肯定发展多于存在，因而，不只对其他一切教派，就是对自己的教会也常加以反抗，在这意义上，佛陀大概也是抗议者。

自从那次变化发生后，我已经失去作为诗人的依据，对自己文学作品的价值也缺乏自信。写作已经无法给我真正的喜悦。可是，人须有喜悦。无论在多痛苦的情况下，我都一直在寻求喜悦。我可以不要正义、理性、生活与社会意义，我知道，纵使社会上没有这类抽象的东西，还是可以活得好好的——但是一谈到喜悦，即使一丝喜悦，我也不会放弃。我希望能获得这微小的喜悦。这希望是我还能相信的内心小火焰。我认为用这火焰可以重建一个世界。

我常在一瓶葡萄酒中寻求自己的喜悦、梦幻与遗忘。的确，这对我甚有裨益。以此观之，葡萄酒实在值得称颂，但葡萄酒带来的喜悦还不充分。有一天，我又找到了全新的喜悦。已经四十岁了，却突然画起画来，但我不认为自己是画家，也不想成为画家。只觉得画画很美，可以使人快乐，也可以磨炼人的耐性。画画之后的手指不会像写字那样变得黑漆漆，却可染成不同的色彩。

对于我画画，大多数朋友都非常生气，就这一点来说，我不大幸福，当我有所需要，当我希求幸福与美的时候，大家总是苦脸相对。他们喜欢别人永远保持原状，永远不要改变脸上的表情。可是，我的脸却加以拒绝，不时要求改变表情。对我自己的脸来说这是必要的。

世人对我的另一项非难，我也认为非常正确。他们说我缺乏现实感。我写的诗和作的画都跟现实不相符。写作时，我常常忘记有教养的读者对书籍所提出的要求。其实，我的确也缺乏尊重现实的想法。我认为现实是最不值得介意的。因为现实老是存在，令人厌烦。相反的，较美的东西、更需要的事物经常吸引我们的注意力，使我们惦记关怀。不管在何种情况下，现实总无法使人满足，无法使人尊敬、崇拜，因为现实是偶然，是生活的屑末。这贫瘠，经常使人失望，毫无趣味的现实，除非我能够否定它，能够表示我们比它强，它总是维持常态，不肯改变。

人们都说，我的诗作中缺乏一般对现实的尊重。我作画时，树有脸，家屋会笑、会跳舞、会哭泣。树大抵很难分得清，是梨树还是栗树。这种非难我必须甘心接受。老实说，我经常认为我自己的生活跟童话简直一模一样，也常常看到或感觉到，外界与我的内界存在于被称为魔术的关联与和谐中。

我还做过两三次蠢事。譬如说，有一次我对著名诗人席勒说了无聊的话，以致南德保龄球俱乐部的全体会员宣称，我是一个伤害祖国神圣人物的畜生。从几年前开始，我已经能够绝对不再做出伤害神圣人物、激怒他人的事。我想，这是一项进步。

所谓现实对我并未扮演很重要的角色，过去经常跟现在一样满溢我心。现在似乎无限地遥远，所以我跟大多数人一样，无法把未来和过去完全区分开来。我大多生活在未来中，因而无须以今日来结束我的传记，还可以慢慢地延续到将来。

现在，我只想简短地预测一下我的人生曲线是如何完成的。1930 年以前的若干年中，我还会写几本书，后来就永远放弃这个职业了。我到底可不可以算是一个诗人？这问题已由热心的年轻学生加以探究，写成两篇学位论文，但是仍未解决。因为经过近代文学的绵密考察，知道造就诗人的流动因素在近代已经非常稀薄，因而诗人与文学家已经很难区别。

但是就客观处境而言，这两位博士研究生导出了对立的结论。依据较能引起共鸣的学生意见，这种愚昧稀薄的诗已经完全不是诗，纯文学没有生存的价值，所以现在被称为文学的东西只好让它静静地死去。另一个学生则无条件地尊重诗，不管它多稀薄，所以他认为慎重地承认几百个非诗人的作家，也不比对可能是真正诗神的诗人采取不当的态度好哪去。

我专心一意地涵泳于绘画和中国魔术中，其后的若干年则渐渐与音乐发生关系。写一部歌剧，是我晚年的野心。在这部歌剧中，现实的人类生活并未被认真地对待，甚至会被加以嘲弄。但是，其永恒的价值，会以神性的象征、飘扬的衣裳大放光彩。

从魔术的观点解释人生，比较令我觉得亲切。我曾经一度不是"现代人"，经常认为霍夫曼的《金罐》或《海因里希·冯·奥夫特丁根》是比所有世界史和博物志更重要的教科书。——不管从哪方面来说，读世界史和博物志，都可以发现其中含有令人着迷的寓言。

但是，我生命的另一个时期已经开始了。在这个时期，业已完成和过度分化的人格再完成、分化，已失去意义；同时，在这个时期也出现了一个课题，那就是让尊贵的自我再度沉没于世界中，并面对无常，将自我编入超越时间的永恒秩序里。要表现这种想法或一生的使命，必须运用童话的方法。我认为歌剧是童话的最崇高形式，我不相信在我们滥用、僵灭的语言中有真正的语言魔力。但是音乐在今天仍然可以说是枝上会长出乐园苹果的生命树。

我想在自作的歌剧中表现我的文学作品无论如何都无法表达清楚的事物，也就是说，我想赋予人类生活一种高尚动人的意义。我歌颂自然的清净和无穷的丰盈，追随自然的步伐，借自然难以避免的痛苦，以臻至相反的精神层面。这样，横跨在自然与精神两极的生命跃动，就可以像高挂空中的彩虹那样，明朗艳丽地表现出来。

但是，很可惜，我的歌剧并没有完成，就跟文学的情形一样。于是，我只好放弃文学，因为我认为重要的事情，在《金罐》与《海因里希·冯·奥夫特丁根》中已说得比我的纯粹好几千倍。我的歌剧也跟这种情形一样。我费了好几年工夫，累积了音乐的基础研究，写完若干草案，并且顺便再度尽可能地仔细探索自己作品的本来意义与内容。到这时我才知道，我在歌剧中所追求的东西，莫扎特的《魔笛》已巧妙地表现了。

于是，我放弃了这项工作，越发倾心于实际的魔术。我作为艺术家的梦是一个幻影，我无力写出《金罐》和《魔笛》，但魔术师是天生的。从很久以前，我就开始走上《老子》与《易经》的东方之路，而且走得很远，所以我很能了解现实的偶然性和可变性。现在，我已利用魔术任情地操纵这现实。老实说，对此，我颇能自得其乐。坦白说，我不能独自待在被称为白魔术的优雅庭园中，有时也会被内心中的小火焰引进黑魔术的邪道里。

过七十岁的那一年，有两个大学刚刚授予我名誉博士，我却用魔术诱惑了一个少女，而被拉进法庭，在牢房中，我要求给我画笔。法院答应了。于是，朋友们给我带来绘具和颜料，我在牢房墙上描绘小风景，于是我再度回归到艺术。作为艺术家，我曾搁浅了好几次，不致受到妨害，所以我能够再度饮尽甜美之杯，像戏耍的孩子，筑起眼前小小的可爱的游戏世界，使自己心满意足，进而再度扬弃一切智慧与抽象，追求创造的原始乐趣。

因此，我又画画、调颜料、润书笔，调成红色明亮愉悦的色调，黄色丰盈纯粹的色调，蓝色深沉动人的色调，并且像音乐般把这些调制成淡灰色，再度享受到无限的绘画妙趣。幸好，我能够孩子般地进行创作游戏，在牢房墙壁上画一幅风景。这风景除了我一生中所喜爱的山川、海、云与收割的农夫之外，还包括其他许多使我愉悦的美。画的正中间有条小铁路，向山上延伸，就像啃啮苹果的虫子，把头埋进隧道中。火车头已经进入小隧道，从那黑圆的洞中吐出棉絮般的黑烟。

我的游戏完全把我迷住了。由于回到艺术，我不仅忘记自己是囚犯、被告，忘记在牢房之外无法终我一生的事情，有时也忘记自己在施展魔术；而且当我用细细的画笔绘出小树和小朵白云的时候，我觉得自己是魔术师。

可是，现实目前已经无法跟我修好，它倾全力讥讽我的梦，并且不断地加以破坏。每天，我都被拉出去，受到监视，被带到极不舒服的场所。这儿，那些不高兴的人坐在堆积如山的文件中问我。但他们不相信我的回话，恶毒地责骂我，或者像三岁孩童般对待我，或者把我当作狡黠的罪犯。要了解这骇人、像地狱一样的官衙、纸张、文件的世界，实在不需要成为被告。在人们制造的所有的奇妙地狱中，我认为，这世界是最像地狱的地狱。

如果你因搬家，或结婚，需要申请护照或公民证书，你就会站在这地狱的正中间，并在这纸张世界的不通风房子里度过苦涩的时间，受无聊、慌张而无趣的人盘问、斥责。不管你说出多坦率真实的话，也不会被对方相信，而且会受到学童或犯人般的待遇。这是谁都知道的。如果我的颜料不能够不断地使我愉悦，获得慰藉，再者，如果我的画，我的美丽小风景不能给我空气，使我复苏，那我就会在这纸的地狱中窒息、枯萎。

有一次，当我站在这幅画的前面时，狱卒拿着无聊的传票跑来，把我从这快乐的工作拉开。于是，对这一切行为与这丧失精神、野蛮的整个现实，我直觉倦怠欲呕。我想，现在该是结束苦恼的时候了。如果不准我无碍地玩着这种天真无邪的艺术家游戏，我只有使用多年来热衷从事的较正经的技艺了。没有魔术，此世是无法忍受的。

我想起了中国的处世训，也在瞬息间脱离了现实的迷惘。于是，我礼貌地对狱卒说，请你们等一下，我要搭画中的火车去找东西。他们认为我疯了，脸上浮现着与平时一般无二的笑容。

于是我变小了，进入画中，坐上小火车，并且随着小火车爬进那暗黑的小隧道。过不多久，人们便看见棉絮般的黑烟从圆洞中溢出。过一会，烟散了，消失了。整个画和我也消失了。

狱卒们茫然若失，呆在那儿。

黑塞年谱

- 1877 年 7 月 2 日：黑塞出生于德国南部施瓦本地方的小镇卡尔夫。
- 1881 年，4 岁：一家移往瑞士的巴塞尔。双亲从事指导海外传教士工作。
- 1882 年，5 岁：黑塞已经会做即兴诗。
- 1886 年，9 岁：一家搬回卡尔夫小镇。
- 1890 年，13 岁：为准备进入神学院，就学于图宾根拉丁语学校，立志要做诗人。
- 1891 年，14 岁：9 月，考入莫尔布龙神学院。
- 1892 年，15 岁：3 月，突然离校，放弃学业。5 月，为医治神经衰弱，被送至神学者之家寄居，意图自杀，未遂。11 月，进入坎斯塔特（Cannstatt）的高级中学。

- 1893 年，16 岁：10 月，由高中退学。10 月底，到书店见习，三天后便逃跑，回到卡尔夫为父亲的牧师工作帮忙。

- 1894 年，17 岁：在卡尔夫做机械师学徒，被讥为"神学家工人"。

- 1895 年，18 岁：10 月，在图宾根的赫肯豪书店见习。暂时安定下来，开始写诗和散文。

- 1899 年，22 岁：自费出版第一本诗集《浪漫之歌》（*Romantische Lieder*），发表散文集《午夜后的一小时》（*Eine Stunde hinter Mitternacht*）。这年秋天，转往巴塞尔莱席书店任职。

- 1901 年，24 岁：第一次到意大利旅行。在莱席书店的帮助下，《赫尔曼·洛雪尔》（*Hermann Lauscher*）一书刊行。

- 1902 年，25 岁：出版《诗集》（*Gedichte*），献给母亲，但在《诗集》付印前，母亲已去世。

- 1904 年，27 岁：《乡愁：彼得·卡门青》（*Peter Camenzind*）由柏林菲舍尔书店出版，深获好评，奠定了新晋作家的地位。与玛丽亚·佩诺利结婚，移居博登湖畔的小村盖恩霍芬，沉湎于大自然中，专心创作。刊行小传《薄伽丘》（*Boccaccio*）、《圣法兰西斯》（*Franz von Assisi*）。

- 1905 年，28 岁：长子布鲁诺诞生。

- 1906 年，29 岁：《在轮下：心灵的归宿》（*Unterm Rad*）出版，大获成功。此外，还写了小品文多篇。

- 1909 年，32 岁：次子海纳出生。访问作家维廉·拉贝（Wilhelm Raabe）。

- 1910 年，33 岁：出版描写音乐家的小说《生命之歌：盖特露德》（*Gertrud*），和瑞士的音乐家缔结深交。

- 1911 年，34 岁：盛夏至年末，到新加坡、苏门答腊、斯里兰卡等地旅行。三子马丁诞生。

- 1913 年，36 岁：出版游记《印度纪行》（*Aus Indien*）。

- 1914 年，37 岁：描写画家的小说《艺术家的命运：罗斯哈尔德》（*Rosshalde*）出版。7 月，第一次世界大战爆发，为伯尔尼的战俘保护组织工作，为德国战俘效力，奋不顾身地高呼和平主义。

- 1915 年，38 岁：《漂泊的灵魂：克努尔普》（*Knulp*）出版。罗曼·罗兰对黑塞的和平主义产生共鸣，8 月来访。

- 1916 年，39 岁：《美丽的青春》（*Schön ist die Jugend*）出版。父亲去世，三子马丁病重，妻子玛丽亚的精神病日趋严重，这一连串的精神压迫，加上慈善事业过分忙碌，黑塞患了神经衰弱，健康状态逐渐恶化，住进疗养院，接受精神分析学泰斗荣格的学生、精神病医师朗格（J.B.Lang）的治疗。开始阅读精神分析大师弗洛伊德、荣格的著作，受他们的影响很大。

- 1919 年，42 岁：以辛克莱的笔名发表《德米安：彷徨少年时》（*Demian*），在青年读者中引起巨大反响。离开玛丽亚夫人，移往瑞士南部的蒙塔诺拉（Montagnola）定居。刊行童话集《梅尔恩》（*Märchen*）、随笔与短篇小说《小庭院》（*Kleier Garten: Erlebnisse und Dichtungen*）。热衷于画水彩画。

- 1920 年，43 岁：《画家的故事》（*Gedichte des Malers*）、《流浪》（*Wanderung*）、《混沌一瞥》（*Blick ins Chaos*）、《克林索尔的最后夏天》（*Klingsors letzter Sommer*）等出版。

- 1922 年，45 岁：《悉达多：流浪者之歌》（*Siddhartha*）出版。

- 1923 年，46 岁：5 月，T.S. 艾略特来访。9 月，与第一任妻子玛丽亚正式离婚。获得瑞士国籍。

- 1924 年，47 岁：1 月，与露蒂·布恩卡结婚，妻子的母亲莉莎是瑞士女作家与画家。这次婚姻仅维持三年即告破裂。

- 1925 年，48 岁：出版《温泉疗养客》（*Kurgast*）。秋天，到德国南部的三个城镇旅行，在慕尼黑遇见了托马斯·曼。爱好卓别林的电影，对幽默和讽刺的力量开了眼界。

- 1927 年，50 岁：《荒原狼》（*Der Steppenwolf*）出版。跟第二任妻子露蒂离婚，与妮侬·杜鲁宾相识，后结为终身伴侣。《纽伦堡之旅》（*Die Nürnberger Reise*）出版。

- 1929 年，52 岁：将二十年间最重要的诗作集《夜里的安慰》（*Trost der Nacht*）出版。开始撰写《如何阅读文学》（又译作《世界文学文库》）（*Eine Bibliothek der Weltliteratur*）。逐渐恢复健康。

- 1930 年，53 岁：《精神与爱欲：纳尔齐斯与歌尔德蒙》（*Narziss und Goldmund*）出版。

- 1931 年，54 岁：11 月，与学养丰富的美术家妮侬·杜鲁宾结婚。开始撰写《玻璃球游戏》。

- 1932 年，55 岁：出版《东方之旅》（*Die Morgenlandfahrt*）。为了纪念歌德逝世一百周年，发表《感谢歌德》（*Dank an Goethe*）。

- 1935 年，58 岁：《寓言集》（*Das Fabulierbuch*）出版。

- 1936 年，59 岁：弟弟汉斯自杀身亡。获得瑞士最高文学奖"凯勒奖"（Gottfried-Keller-Preis）。

- 1939 年，62 岁：第二次世界大战爆发。黑塞在当时的纳粹德国是"不受欢迎的作家"，印刷用纸配给也被停止。

- 1943 年，66 岁：在瑞士出版 20 世纪伟大巨著《玻璃球游戏》（*Das Glasperlenspiel*）两卷。

- 1944 年，67 岁：一生挚友罗曼·罗兰去世。

- 1945 年，68 岁：第二次世界大战结束。出版短篇和童话集《梦的痕迹》（*Traumfährte*）。

- 1946 年，69 岁：接受法兰克福市的"歌德奖"，又荣获"诺贝尔文学奖"。发表献给罗曼·罗兰的评论集《战争与和平》（*Krieg und Frieden*）。此后，一直过着闲适安逸的生活。

- 1947 年，70 岁：安德烈·纪德来访。伯尔尼大学授予黑塞名誉博士荣衔。

- 1951 年，74 岁：出版《后期的散文集》（*Späte Prosa*）、《书简集》（*Briefe*）。
- 1952 年，75 岁：庆贺七十五岁的纪念会在德国、瑞士等地举行。六卷本《黑塞全集》（*Gesammelte Dichtungen*）由苏尔坎普出版社（Suhrkamp Verlag）出版。《黑塞全集》后由苏尔坎普出版社扩展至二十卷。
- 1954 年，77 岁：出版《黑塞与罗曼·罗兰往返书信集》（*Hesse, R.Rolland, Briefe*）。
- 1955 年，78 岁：出版《往昔回顾》（*Beschwörungen*）。
- 1956 年，79 岁：在卡尔斯鲁厄市，设立"赫尔曼·黑塞奖"。
- 1962 年，85 岁：8 月 9 日，在蒙塔诺拉家中，因脑出血于睡梦中逝世。

PIAOBO DE LINGHUN : KENUERPU

漂泊的灵魂：克努尔普

图书在版编目 (CIP) 数据

漂泊的灵魂：克努尔普：外一种 / (德) 赫尔曼·
黑塞著；吴忆帆译. -- 桂林：广西师范大学出版社，
2025. 3（2025.7 重印）. --（黑塞经典）. -- ISBN 978-
7-5598-7644-7

Ⅰ. I516.45

中国国家版本馆 CIP 数据核字第 20242VH274 号

广西师范大学出版社出版发行

广西桂林市五里店路 9 号　邮政编码：541004
网址：http://www.bbtpress.com

出　版　人：黄轩庄
责任编辑：吴赛赛
助理编辑：孟睿哲
装帧设计：🔔 所以设计馆
内文制作：张　佳
全国新华书店经销
发行热线：010-64284815
山东京沪印刷科技有限公司印刷

山东省淄博市桓台县桓台大道西首　邮政编码：256401

开本：830mm×1110mm　　1/32
印张：7.75　　　　字数：135 千
2025 年 3 月第 1 版　2025 年 7 月第 2 次印刷
定价：48.00 元

如发现印装质量问题，影响阅读，请与出版社发行部门联系调换。